KB157566

엄마의 마음 성장,
그리고
꿈을 이루기까지

당신은
꽤
괜찮은
엄마
입니다

너무나 평범한 이야기이지만, 평범하기 때문에
누구나 쉽게 받아들일 수 있는 이야기

엄마의 마음 성장,
그리고
꿈을 이루기까지

당신은
꽤
괜찮은
엄마
입니다

백진경 지음

프로방스

"엄마의 마음, 외면하지 말아요."

우리는 임신을 한 순간부터 출산하고 아이를 키우는 동안 '엄마' 라는 이름으로 많은 헌신을 하며 지냅니다. 아이에게 맛있는 밥을 먹이고, 몸을 깨끗이 씻기고, 잠을 재우는 등 아이를 위해 하루종일 쉬지 않고 움직이지요. 어쩌면 육아는 엄마인 나의 삶을 잊혀지게 만드는 것 같기도 해요. 그럴수록 나 자신의 마음은 더욱 들여다볼 시간이 없어지지요.

하지만 아이를 돌보는 만큼이나 엄마 자신의 마음을 돌보는 것은 너무나 중요합니다.
나 자신을 사랑하고 돌봐 주어야 내 아이도 사랑으로 감싸 안아줄 수 있어요.
너무 뻔한 이야기인가요?

저는요, 그 뻔한 사실을 너무 늦게 알아버렸어요. 온갖 힘듦, 아픔을 다 겪으면서 뒤늦게나마 힘들게 깨달았습니다. 그리고 지난날에 대해 후회를 했어요.

이 사실을 엄마들은 다 느끼고 있지만, 현실에서 실천하기는 어렵다는 것을 알아요. 저도 그랬거든요. 아이 둘을 키우면서 온갖 어려움 속에서 버텨내는 '생존' 육아를 해왔어요. 아이를 위해 나의 마음은 돌볼 틈도 없이 마치 하루살이처럼 하루하루를 그저 그런대로 꾸역꾸역 살아왔습니다.

저는 한때 모든 게 바닥으로 치닫는 경험을 했어요. 헤어 나올 수 없을 것만 같았던 우울 속에서 허우적대며 살았습니다. 하지만 아이들이 있었기에 실낱같은 희망을 부여잡고 간신히 버텨낼 수 있었어요. 맞아요. 제가 우울에서 빠져나오게 된 중심에는 나의 아이들이 서 있었습니다.

육아를 하면 할수록 육아가 단순히 내 아이를 키우는 것이 아닌, 나 자신을 키우는 일이라는 것을 알았어요. 육아 속에 아이가 있고 제가 있었습니다. 그걸 알게 된 순간부터 '나 자신을 위하자' 마음먹었어요. 그리고 하루하루가 '생존'이 아닌, '감사' 하는 육아를 하기 시작했습니다.

나 자신의 마음을 위해 책을 읽고 필사를 하기 시작했으며, 나 자신의 꿈을 위해 매일매일 새벽 기상을 실천했어요. 이렇게 나 자신을 돌보고 사랑하자 주어진 삶에 감사할 수 있었고, 내 아이들도 사랑으로 바라볼 수 있게 되었어요. 아이를 바라보는 눈빛에 보다 진심을 담을 수 있었습니다. 엄마의 진심이 담긴 눈빛에 아이들의 눈빛은 더욱 반짝반짝 빛이 나기 시작했어요.

물론 흔들릴 때도 있었습니다. 그럼요. 엄마도 사람인 걸요. 하지만 작은 노력들이 쌓이고 쌓여 오늘이 된 것처럼 저는 계속해서 나 자신을 위해 노력해 나가려고 해요. 나의 마음을 돌보는 일에 소홀해지지 않도록. 나 자신을 일으킬 수 있는 사람은 오직 나라는 사실을 잊지 않도록.

육아 속에서 엄마의 마음을 더 이상 외면하지 마세요. 받아들이세요. 그리고 나 자신을 돌봐 주세요. 내가 진정으로 원하는 것을 펼쳐 나가세요. 엄마에게도 꿈이 있고, 그 꿈을 실천하기 위해 노력해 봐요 우리. 그것이 곧 사랑이고, 그 사랑은 내 아이에게 온전히 전달됩니다.

이 책 속에는 제 마음과 마주하고 깨닫기까지의 과정, 그리고 노력들을 담았어요. 그 노력들 속에서 아이들과의 소소한 생활도 담았습니다. 너무나 평범한 이야기이지만, 평범하기 때문에 누구나 쉽게 받아들일 수 있는 이야기라고 생각하며, 내가 아끼는 사람에게 말을 전해 주듯이 글을 썼어요. 단 한 명이라도 이 책을 통해 마음이 위로받기를, 그리고 또 그 마음이 움직이기를 소망합니다.

2022년 4월 26일
오늘도 '꿈꾸는 엄마' **백진경** 드림

"많은 '엄마'들의 마음에 따뜻한 의미로 다가서길 바랍니다"

'사람과 사람 사이에서 만남이라는 인연이 없으면 아무것도 이루어질 수가 없다'

저는 6년 전 백진경 작가를 처음 만났습니다. 만남은 직장과 상사의 관계였지만, 순한 눈매에 하얀 얼굴에 조곤조곤 살가운 목소리를 가진, 함께 일하면 참으로 편한 사람이었습니다. 결혼과 육아로 인해 멀리 이사하느라 몇 년을 못 본 사이 큰 딸아이가 유치원을 입학할 무렵이 되어서야 만나게 되었습니다. 두 아이의 엄마가 된 작가님의 모습은 여전히 수줍은 미소를 띠고 있었지만, 책임감을 충분히 감당해 낼 힘 있는 '엄마'의 모습에 감사했습니다. 함께 일할 당시, 글을 쓰고 싶다는 이야기를 하곤 했는데 드디어 첫 번째 책의 출간을 앞두어 마음을 다해 축하의 말을 전하며 저 역시 그 첫 번째 발걸음에 동참하게 되어 기쁩니다.

이 책을 읽는 동안 마음 한구석에서 작가님을 향한 안타까움, 찡함, 다독여주고 싶은 마음, 환호성, 여러 감정이 솟구쳐 올랐습니다. 못 본 사이 힘들었구나…. 외로웠구나…. 대단하구나…. 해냈구나…. 행복을 찾았고 특별한 엄마가 되었구나….

저 역시도 두 아이의 엄마로써 책을 읽는 내내 공감이 되었습니다.
'나'의 삶이 아닌 가족의 삶에 일부분이 되어버린 현실에 대해 돌아보며 아이의 삶만큼 엄마의 삶 또한 얼마나 중요한지, 저 역시 '행복한 엄마'가 되기 위해 한걸음 내어 디뎌 볼 용기를 얻었습니다. 또한 '나'라는 사람, '엄마'라는 사람의 삶 역시 꿈, 즐거움, 행복을 향해 여전히 진행 중이라는 것과 엄마로서의 경험과 배움은 새로운 목표를 향해 나아갈 수 있는 또 하나의 원동력이 될 수 있다는 사실을 알게 되었습니다.

작가는 자신을 극복한 '강한사람'입니다. 인내를 가지고 꾸준히 자신의 삶에서 긍정적인 변화를 조용히 만들어가는 지혜로운 사람입니다. 그 결과로, 열심히 노력하는 엄마를 바라보는 두 아이에겐 훌륭한 롤모델이며 아이들의 삶에 더 현명한 조언을 할 수 있는 사람이 되었습니다.

어느 누가 좋은 딸, 아내 그리고 엄마가 되고 싶지 않을까요? 이 책을 읽는 중간중간 당신은 어느새 고개를 끄덕이고 있을 것입니다. 이 책의 마지막 페이지를 넘길 즈음 당신은 옅은 미소와 함께 마음이 따스해질 것입니다. 그 행복을 함께 나누길 바라며, 힘들었던 시간을 뒤로하고 이제는 한 권의 작품 속 자신의 이야기를 통해 세상 사람들과의 소통을 시작한 백진경 작가의 용기에 박수를 보냅니다. 많은 '엄마' 들의 마음에 따뜻한 의미로 다가서길 바랍니다.
모든 '엄마' 들이 위로를 받을 수 있는 책을 써 준 저자에게 다시 한번 깊은 감사를 전하며 이 책을 독자들에게 기쁜 마음으로 추천합니다.

세영아, 세은아, 너희 엄마는 너희를 아주 많이 사랑한단다.
장희씨, 한결같은 사랑으로 가족을 지켜주셔서 감사해요.

진경씨!! 엄마는 본래 아름답고 보배롭고 가치 있는 존재라네요. 당신은 꽤 괜찮은 엄마입니다.

나의 삶이 위로받던 날...

2022년 6월

하늘꿈의유치원 원장 **한지혜**

차례 | Contents

똑똑, 안녕
내 마음아

내가 나의 마음을 알기까지

01

나도 엄마가
처음인 걸

2017년 1월 21일 토요일 밤 11시.

눈이 많이 내려 온 세상이 하얗던 어느 날, 저는 평소와 다른 진통을 느끼고 부랴부랴 출산 가방을 챙겨 남편과 병원으로 향했습니다. 첫째의 출산이 임박했을 때였어요. 분만 대기실에서 진통을 견디며 내진을 하고 다음 날 아침이 되었는데도 자궁문의 진행은 너무나 더뎠어요. 그렇게 토요일 밤 11시부터 일요일 오후 3시 반까지 17시간의 진통을 견뎌냈어요. 그러다 점점 호흡이 불안정해지면서 아기에게도 힘들 수 있다는 말에 결국 응급으로 수술하게 되었습니다. 17시간이나 이를 악물고 견디며 아이를 기다렸지만, 허무하게도 제왕절개로 아이를 낳게 되었어요.

부분 마취를 한 상태라 아이를 낳은 후 바로 안아볼 수 있었지요. 아이를 안아보자마자 뜨거운 눈물이 흘러내렸습니다. '자연분만이면 어떻고 제왕절개면 어때? 이렇게 예쁜 아기를 무사히 건강하게 만났는데!' 라는 생각이 들면서 정말 너무나 행복했어요. 옆에서 지켜보던 남편도 저와 함께 눈물을 흘리며 그렇게 첫째 아이를 만났습니다.

수술을 했기 때문에 병원에서 일주일을 보내야 했어요. 그리고 조리원에서 14일의 조리 후 드디어 아기를 데리고 집으로 오게 되었습니다. 당시 남편은 출장이 잦고 처음 키우는 아기라 걱정이 되어 친정에서 잠시 함께 지내기로 했었어요. 작디작은 아기를 침대에 눕히고 정성을 들여 돌보기 시작했습니다. 기저귀를 갈아주는 것부터 시작해서 수유하기, 목욕시키기, 재우기 등 모든 것이 처음이었지만, 저는 그 모든 것을 처음부터 잘 해내고 싶은 욕심이 있었어요. 그리고 아이를 만질 때마다 혹시나 아이를 놓칠까 무서워 온몸이 긴장을 했고 신경을 곤두세우기 시작했습니다.

친정 부모님과 아기를 같이 돌보았지만, 밤중 새벽에는 혼자서 아기를 돌보았어요. 처음에는 수유할 시간에 깨면 수유를 하고 기저귀를 갈아준 후 아기가 잘 때 함께 잠을 자려고 했어요. 그런데 저는 평소 바로 잠이 들지 않는 편이라 간신히 잠이 들고 나면 금방 수유할 시간이 되어 버려 아기는 깨어 울었어요. 결국 저는 피곤하고 예민해지는 순간들이 반복되었습니다.

한번은 아기에게 수유를 하고 잠이 들었는데, 집에 도둑이 드는 꿈을 꾸었어요. 그러다 잠깐 잠에서 깼는데, 거실에서 작은 발자국 소리가 들리는 것을 듣고 저는 진짜로 도둑이 들어왔다고 생각했어요. 그래서 급하게 112에 신고를 했는데, 그 발자국 소리는 사실 다른 방에서 잠을 주무시다 화장실을 가시려던 친정 아빠의 발소리였습니다. 제 예민함 때문에 경찰관이 왔다가 모두를 깨우고 말았던 웃지 못할 헤프닝이었지요.

아기를 돌보는 일은 정말 쉬운 일이 아니었어요. 친정 부모님이 안 계셨다면 혼자서 어떻게 했을까 싶을 정도로 너무나 힘들었어요. 먹이고, 재우고, 씻기는 기본적인 것들 말고도 아이에 관한 고민과 선택은 늘 저를 따라다녔습니다. 아이가 변을 묽게 봐서 걱정이고, 잠을 잘 못 자서 걱정이고, 젖을 잘 안 먹

첫째 아이를 품었던 순간

을 때도 걱정이고, 그렇게 하나하나 다 신경을 쓰며 걱정을 했어요. 출산 전 읽었던 육아서는 실전과 너무나 달랐어요. 거기서 말한 육아 내용은 제 아이에게 적용이 되지 않았어요. 보통이론과 실제는 다르다고는 하지만, 달라도 너무 달라 혼란스러웠고 말 그대로 '멘붕'이었습니다.

그런데 어느 날 문득 이런 생각이 들었어요.
'그래, 나도 엄마가 처음이잖아. 처음부터 잘하는 사람이 어딨어?'

사실 이렇게 마음을 먹어도 금세 잘하고 싶은 욕심이 들고, 또 그러다가도 다시 괜찮다고 자신을 다독이며 하루에도 수십 번씩 롤러코스터를 타는 엄마의 일상이 반복되었어요.

하지만 단번에 마음의 여유를 가질 수는 없었어도 '부족해도 괜찮아!' 라고 생각하며 마음을 다잡았습니다.

모든 것이 서툴고 어색했던 초보 엄마.

누구에게나 처음이 있듯이 그때의 저도 1살 아기의 엄마는 처음이었습니다.

02

우울증 그까짓 것
- 그 첫 번째 이야기

출산과 동시에 산후우울증을 겪는 사람들이 참 많다고 해요.

각자의 힘듦이 있겠지만, 저는 산후우울증과 가족의 일이 겹치면서 많은 어려움을 겪었어요.

지금부터 저의 사적인 이야기를 시작해 보려고 합니다.

남편과 저는 중학교 동창이라 고향이 같았어요. 그래서 친정과 시댁도 모두 같은 지역이었고, 심지어 10분 거리에 살고 계셨지요. 아이를 데리고 친정에서 지내다 보니, 주말에는 남편이 출장을 마치고 돌아오면 너무나 당연한 듯이 아이를 데리고 시댁에 가는 일이 시작되었어요. 제가 자처한 일은 아니었지만,

주변 가족들 모두 그걸 당연시 여기는 분위기였어요. 그렇게 쉽지 않은 여정이 시작되었습니다.

추운 1월 말, 태어난 지 한 달도 채 안된 아기를 데리고 매주 여행 가방에 짐을 챙겨 왔다갔다하는 생활을 반년 동안 했어요. 아이의 기저귀, 젖병, 분유 등 짐은 어찌나 많은지, 주변 지인들이 하나같이 저를 말렸지만 그때 저는 잘 몰랐어요. 시부모님께서는 주말에 아기를 안아보는 것을 당연한 것처럼 여기셨고, 친정 부모님도 시부모님께서 아기가 얼마나 보고 싶으시겠냐며 저에게 다녀오라 하셨어요. 심지어 그 당시 남편은 부모님께 아기를 안겨드리고 싶은 마음에 힘든 저의 마음을 알지 못했습니다.

제가 아무리 부모님과 남편에게 힘들다고 이야기를 해도 같은 지역에서 지내는 한, 저만 참으면 되는 상황이 계속되었어요. 반년 동안 그런 생활을 하니 주말이 오는 게 끔찍이도 싫었습니다.

어느 날 보건소에 볼일이 있어서 갔다가 '산후우울증 상담' 이라는 글자를 보고 '찾아갈까? 말까?'를 수십 번을 고민한 적도 있어요. 그렇게 힘들면 아기를 데리고 신혼집으로 가 버리면 되는데, 그럴 수도 없었어요. 아이를 낳기 전부터 허리가 좋지 않았는데, 출산을 하고 나니 허리의 통증이 심해져 재활을 받는 중이었기 때문에 무작정 결정을 내려버릴 수가 없었습니다.

하지만 시간이 흐르면서 내 몸이 아파 죽을지언정 여기서는 못 지내겠다 싶어 아기를 데리고 결국 신혼집으로 올라갔어요. 혼자서 아기를 데리고 하루 종일 쉼 없이 육아를 했고 설거지를 하다가도, 빨래를 하다가도 저도 모르게 눈물을 흘리는 날이 계속되었어요. 아침에 눈을 뜨면 이러다 죽을 수도 있겠다 싶을 정도로 몸 상태는 말이 아니었고, 아이를 안을 수도 없을 지경이 되고 말았어요. 결국 친정 부모님께서 저를 데리러 오셨고, 버티지 못한 저는 다시 친정집으로 짐을 챙겨 내려갈 수밖에 없었습니다. 그렇게 다시 아이가 돌이 될 때까지 병원을 오가며 친정에서 지내게 되었어요.

주말에는 역시 시댁에 가서 자고 오고, 이런 반복되는 상황 속에서 남편과의 갈등의 골이 깊어져 감을 느꼈어요. 누구보다 아끼고 의지하던 사람인데, 아이가 태어남과 동시에 가족의 문제가 얽히면서 남편과의 사이가 멀어진 거예요. 정말 삶이 '우울' 자체였고 모든 걸 잃어가는 기분이었어요.

남편은 저를 한결같이 아끼고 잘해 주었지만, 분명 알 수 없는 벽이 있음을 느꼈어요. 어느 날 남편과 대화를 했는데, 저의 생각대로 아이가 태어나고 가족의 문제가 얽히면서 갈등이 시작된 것임을 알았어요. 남편은 처음에는 시댁을 매주 오가는 제가 왜 힘든지 이해를 못했다고 했어요. 하지만 시간이 흐르고 나니 저에게 너무나 미안했다고 이야기를 했습니다. 모든 것이 처음이라 잘 몰랐던 거예요. 반대로 생각해 보니 '그랬을 수도 있겠다' 싶었어요. 저도 모든 것이 처음이었으니까요.

시간이 흐르면서 첫째 아이가 두 돌이 되었을 즈음 둘째가 찾아왔어요. 너무 갑작스러운 일이라 혼란스러웠지만, 그런 건 느낄 겨를도 없이 지독한 입덧이 시작되었고, 첫째 아이를 육아하면서 쉽지 않은 임신기간을 보내게 되었습니다.

둘째를 임신했을 때 가장 많이 들었던 이야기는 "딸이면 좋겠니? 아들이면 좋겠니?"였어요.

그리고 그다음 말은 하나같이 "딸은 있으니 아들이 있어야지."
였어요.

'배 속에 둘째가 있는데, 딸이면 어떻고 아들이면 어떤가요?'
이런 생각이 들면서 둘째에게 너무 미안해졌어요. 딸일지도
모르는데, 어떻게 보면 배 속에서부터 이미 부정을 받은 거잖
아요.

둘째의 성별이 나왔을 때 주변 가족들이 역시나 아쉬워했어요.
한숨을 지은 가족도 있었고, "셋째는 아들 낳아야지."하는 부
담을 주는 가족도 있었고요. 저는 그냥 제 배 속의 아이를 딸이
든 아들이든 상관없이 축복해 주었으면 좋겠는데, 그 축복을
받지 못한 제 아이에게 너무나 미안한 마음이 들었어요. 그래
서 그날 한없이 울었던 기억이 납니다. 제가 울으니 가족들은
"아들 못 가져 서러운가 보다."라고 하기도 했어요. 저의 마음
은 알지도 못하고 내뱉는 그런 말들은 저에게 큰 상처가 되었
습니다. 어르신들 하시는 말씀 뭐 그리 신경을 쓰냐고들 하지
만, 임산부에게 상처가 되는 말임은 분명했어요. 배 속의 아이
에게도요. 그렇게 힘든 임신기를 보내다가 무더운 여름 7월에
둘째 아이를 출산하였습니다.

둘째가 태어나고 나서는 산후우울증이 더욱 심하게 왔어요. 그도 그럴 것이, 첫째 때 그렇게 힘든 시기를 보내 놓고 마음의 여유를 갖지도 않은 상태에서 둘째를 출산하였으니 그럴 수밖에요. 결국 제 스스로의 힘으로는 버틸 수도, 해결할 수도 없는 상태가 되어 버렸다는 걸 느꼈고, 남편에게 도움을 요청했어요. 많은 사람들이 겪는 산후우울증이라지만, 저의 경우에는 마냥 산후우울증으로만 볼 수가 없었어요. 힘든 일을 겪어 오면서 자존감은 바닥이 되었고, 너무나 많은 것들을 잃었어요. 그리고 그것들은 '화'로 나타나기 시작했습니다.

03

우울증 그까짓 것
- 그 두 번째 이야기

　　도저히 스스로 아무것도 할 수 없음을 알게 되었을 때 남편에게 이야기했어요.

　"나, 다른 사람의 도움이 필요해. 우리 아이들에게 분명히 안 좋은 영향을 끼칠 것 같아. 나 좋은 엄마이고 싶어."

·

남편은 저를 돕기 위해 여러 방면으로 알아보았고, 다행히 남편 회사 안에 부부 상담을 해주는 프로그램이 있었어요. 거기서 3회차 정도 개인 상담이 가능하다는 이야기를 듣고는 바로 예약을 하였고, 2021년 1월 저의 첫 상담이 이루어졌습니다.

안락한 소파에 앉아 상담사를 마주 보고 앉아 있었어요. 상담사는 저에게 무슨 일이 있었는지, 지금 어떤 기분이 드는지, 어떤 상태인지에 대해 알아보는 질문들을 했어요. 사실 마음속에서는 죽을 만큼 힘든 감정이 요동을 치고 있었지만, 제 의지로 찾아간 상담이었기 때문에 실낱같은 희망이라도 붙드는 심정으로 쥐어 짜내듯이 대답을 하였어요. 그렇게 첫 상담을 마친 날 상담사는 저와 남편에게 이야기했습니다.

"일단 약물 치료가 꼭 필요합니다. 그리고 상담도 유지를 해야 하는데, 꽤 오랜 시간이 걸릴 것 같아요. 그런데 여기서는 개인 상담 횟수가 제한이 있으니, 제가 알고 있는 다른 센터를 소개해 드릴게요."

그렇게 연결해 준 다른 상담 센터에서 상담을 받기 시작했습니다.

상담사는 단순히 저의 고민과 갈등을 들어주고 토닥여 주는 사람이 아니었어요. 물론 그런 것들은 기본이었고, 저에게 적절한 질문들을 통해 제 내면의 감정을 이끌어 내주었어요. 그리고 제 마음속의 포인트를 잡기 위해 늘 스스로 생각할 수 있는 기회를 제공해 주고 있음을 느꼈어요. 그런 유의미한 과정들이

주 1회씩 반복되었고, 반년이 흐른 어느 상담 날, 상담사님께서 열심히 저의 말들을 받아 적으시다가 별표를 그리며 말씀하셨어요.

"진경 씨, 이게 포인트였네요. 진경 씨, 진경 씨 잘못이 아니에요."

그 말을 듣는 순간 저도 모르게 한참 동안 많은 눈물을 쏟아냈습니다. 맞아요. 저는 계속 혼자서 '내가 이상한가?'를 달고 살았어요. 가까운 가족이 저에게 뭐라고 할 때마다 내가 이상한 것인지를 생각하고, 갈등이 생길 때마다, 힘이 들 때마다 늘 그렇게 생각했어요. 그게 저를 우울로 이끌었던 거예요. 자괴감, 죄책감 등이 온몸을 감싸고 있으니 우울에서 헤어 나오지 못했던 것이었어요.

단 한 번도 누군가로부터 "너 정말 힘들었겠다. 네가 잘못한 게 아니야. 그럴 수 있어."라는 공감되는 말을 들어보지 못했던 것이 결국 저를 우울로 몰아갔고, 그걸 상담이 시작되고 반년이 지나서야 알게 되었어요.

그리고 그 후로 조금씩 노력하기 시작했어요. 자책하지 않기로, 죄책감 갖지 않기로, 그리고 내가 나 자신에 대해 관대해지기로요.

상담을 시작함과 동시에 약물 치료도 병행하고 있었기 때문에 상태는 조금씩 나아짐을 느꼈어요. 무엇보다 남편이 옆에서 많은 의지가 되어 주었습니다. 남편은 자신으로 인해 아내가 이렇게 망가져 버렸다는 죄책감을 갖고 있었고, 저를 도와주기 위해 정말 많은 노력을 했어요. 그런 남편을 보면서, 그리고 두 딸을 보면서 저 또한 죽을힘을 다해 노력했습니다.

남편 회사에서 처음 상담을 받던 날, 잠깐 시간이 남아 대기하던 중 책 한 권을 발견한 적이 있어요. 이종선 작가의 〈넘어진 자리마다 꽃이 피더라〉라는 책이었는데, 중간 어느 페이지를 읽다 보니 그 책이 너무 궁금해졌어요. 그래서 상담이 끝난 날 집에 가서 다짜고짜 그 책을 주문하고, 그렇게 심리학책을 읽기 시작했어요.

그 책을 시작으로 저는 한동안 심리학책을 손에서 놓지 않았어요. 죽을힘을 다해 노력했던 것 중 하나가 바로 '책읽기'였습니다. 약물치료와 상담 외에 나 스스로 노력할 무언가가 더 필요하다고 생각했는데, 그게 바로 저에게는 심리학 서적이었어요. 그리고 매일 나의 기분을 체크하고, 오늘은 어땠는지 객관적으로 표시하는 체크리스트를 작성했어요. 그걸 통해 어느 정도 힘든 횟수가 줄어들고 있음이 보였고, 나 자신을 스스로 관리해 나갈 수 있었습니다.

처음 상담 센터를 찾았던 이유가 아이들 생각이 가장 커서였어요. 주 양육자인 나로 인해 아이들이 좋지 않은 영향을 받을까 봐 걱정되었던 것이 결국 저를 움직였고, 나아지도록 노력하게 만든 거예요.

우울증인 사람이 직접 상담센터를 찾기까지는 꽤 어려운 일이라고 해요. 하지만 다행히도 저는 아이들을 위해 무언가를 해야 했고, 그래서 움직였어요. 그렇게 1년의 시간이 흘렀고, 많이 좋아졌음을 스스로 느끼게 되었습니다. 상담사님께서도 그쯤 주 1회 상담을 2주에 1회로 늘려보는 것은 어떨지 제안하셨고, 저도 그렇게 하기로 하였어요. 그리고 점점 2주에 1회, 3주에 1회, 4주에 1회 식으로 늘려가다 상담을 시작한 지 1년 반

만에 상담이 종결되었습니다.

힘들었던 시간 동안 마음속에 원망이 참 많았어요. 가족들을 많이 원망했고, 결국 원망은 나 자신에게로 돌아와 저를 괴롭혔어요. 그리고 헤어 나올 수 없는 우울로 죽을 생각까지 했었음을 이제야 고백합니다.

1년 반 전만 해도 그렇게 괴로웠던 제가 지금은 생각이 참 많이 바뀌었어요. 물론 지금도 힘들었던 때는 절대 잊을 수 없지만, '그땐 그렇게 힘들었었지. 그런 시기가 있었지'가 되었고 미웠던 원망의 대상들도 더 이상 미워하지 않게 되었어요. 그러다 보니 가족들과 더 가까워졌고, 미움보다는 감사함을 더 알게 되었습니다. 특히 친정부모님, 시부모님, 남편에게 서운했던 감정들에 대해 이제는 지나간 일이 되었고, 각자의 생각의 차이를 이해하게 되었어요. 모든 게 '그럴 수 있다'가 된 거예요. 나 자신을 돌보며 생각을 바꾸고 나니 삶이 달라짐을 느꼈습니다.

04

나의 상처와
마주하기

아이와 있다 보면 가장 힘든 순간이 있어요. 대부분 갈등이 생기는 때는 바로 '아이가 울 때' 입니다. 신생아 때부터 생각해 보면 아이의 울음은 다 이유가 있었어요. 배가 고파서 울고, 졸려서 울고, 기저귀가 불편해서 울곤 하지요. 그런데 돌 전에는 말을 잘 못하니 울음으로 표현을 할 수밖에 없지만, 6살이 되고 나서 말로 표현할 수 있음에도 불구하고 울기만 하는 첫째를 보고 있자면 화가 올라왔어요.

아이가 우는 것, 그것이 왜 그렇게 싫었을까요?
아이가 울면 저는 항상 예민해지고 감정 조절이 어려웠어요. 어떻게든 울음을 그치게 해줘야 할 것 같고, 나 때문인 것 같은 등 여러 가지 이유로 아이의 울음을 하나의 감정으로 받아들이지를 못했어요. 공감해 주기는 더욱 어려웠습니다. 기계적으로 "그랬구나, 그래서 눈물이 나는구나." 하면서도 마음속에서는 무언가 답답함을 느꼈어요.

그런데 어느 날 친정엄마께서 아이를 돌봐 주시다가 아이가 울자 어찌할 바를 모르는 모습을 보이셨어요. 어떻게든 울음을 그치게 하려고 온갖 방법으로 아이를 달래고, 울면 안된다는 말씀을 계속하셨어요. 그걸 보면서 생각했어요.
'아, 나도 더 울고 싶을 때가 있었는데, 울음은 꼭 그쳐야만 하는 걸까?
울 수도 있는 건데, 그저 우는 감정에 공감해 주면 되는 건데, 그걸 받아보지 못한 저는 제 딸에게도 공감해 주기가 어려웠어요. 아이가 울 때마다 저도 모르게 "제발 그만 좀 울어!!"라고 화내며 모진 말을 뱉어내기도 했습니다.

어렸을 때부터 저는 엄마에게 "울고 싶은 거구나. 그래 울고 싶으면 울어도 돼."라는 말을 듣고 싶었던 것 같아요. 그리고 엄마가 안아주길 바랐어요. 다 큰 어른이 되어서도 눈물이 날 때는 엄마가 그냥 내 울음을 인정하고 받아들여 줬으면 좋겠다고 생각할 때가 있었습니다. 하지만 울음을 인정받고 공감받아 보지 못한 제 내면은 그게 응어리로 남았던 거예요. 그러니 아이가 우는 모습을 보면 자꾸 저의 내면 아이, 울음을 참아야 했던 저의 내면 아이를 건드리게 되어 화가 났어요.

'나는 내 울음을 인정받지도 못했어. 그리고 맘껏 울지도 못했는데, 너는 왜 자꾸 울어?' 이런 생각을 했어요. 그러다 어느 순간 알아차렸어요. 오로지 나 자신의 문제가 아니라는 것을요. '아, 내가 마음이 아팠구나. 공감이 받고 싶었구나.'
이런 생각을 하게 되기까지 참 많은 시간이 걸렸습니다.

이제는 아이의 울음에 대해 부정적인 마음을 내려놓으려고 노력해요.
　　"세영아, 울고 싶으면 마음껏 울어도 돼, 다 울고 엄마랑 이
　　야기해 보자."
아이는 엄마의 말을 듣고 실컷 울고는 저에게 속상한 것에 대해 이야기를 합니다. 아이의 이야기를 들어보고 나면 그 울음이 이해가 갈 때가 많았어요. 물론 내가 힘이 부치는 날에는 이

런 과정들을 거치는 것이 힘들 때도 있지만, 최대한 공감해 주려 노력합니다.

엄마인 저도 요즘에는 울고 싶을 땐 나만의 안전한 공간에서 참지 않고 울으려고 해요. '괜찮아, 울 수 있어, 충분히 그럴 수 있어.' 하면서요. 마음속에서 울고 있는 내면 아이를 달래 주려고 합니다. 실컷 울고 나면 속이 후련한 걸 느낄 수 있었어요. 그리고 남편은 그런 저를 옆에서 토닥여 주었습니다. 제가 우는 것에 대해 나무라지 않고 '그렇게 많이 속상했어?' 라고 물어봐 주는 남편. 그런 남편이 너무나 고마웠습니다.

〈엄마만 느끼는 육아감정〉의 저자 정신건강의학과 전문의 정우열 님은 이렇게 말합니다.

> "아이는 울고 싶을 때 울어야 한다. 그게 심리적으로 건강한 아이이다. 그리고 엄마도 울고 싶으면 울어야 한다. 그게 울고 싶어도 못 우는 엄마보다 심리적으로 건강한 엄마이다. 분노 조절이 잘되지 않을 때, 감정적으로 힘이 들 때 시원하게 마음껏 울자. 엄마니까 그래도 된다."

나 자신도 몰랐던 어린 시절에 상처받은 내면 아이가 있음을 내 아이를 키우다 알게 되었습니다. 이제는 육아를 통해 그 상처를 보살펴 주게 되었지요. 저는 아직 늦지 않았다고 생각해요.

그리고 내가 나 자신에게 힘들 때마다 끊임없이 이야기해 주고 싶습니다.

"진경아, 울어도 괜찮아. 그럴 수 있어. 괜찮아!"라고요.

05 /

나의 감정은
옳다

엄마가 되고 나서는 하루에도 수만 가지의 감정들이 소용돌이 치는 제 자신을 발견하곤 했어요. 특히 힘들었던 그 시기, 저는 제 감정을 이해하기가 너무 힘들었습니다. 바닥까지 치 닿는 우울함을 하나의 감정으로 인정하고 받아들이지 못한 채 그저 그 감정에 머물 뿐이었어요.

주변의 시선에도 많이 힘들어했던 것 같아요.
'쟤는 뭐 저런 걸로 힘들어하니? 사소한 일에도 하나하나 다 걱정하며 산다.' 라는 말들은 제 감정을 있는 그대로 받아들이는 데 어려움을 주었고, 더욱더 저를 몰아붙였어요.

그런데요, '힘듦'이라는 게 참 상대적이에요. 한 가지 사건을 두고 A라는 사람은 견딜 만한 일이라 생각하고, B라는 사람은 너무나 힘든 일이라고 받아들이기도 하지요. 사람에 따라 받아들이는 감정이 다를 수 있고 그 감정이 틀린 것도 아닌데, 저는 사람들이 보내는 안타까운 시선으로 인해 자괴감에 빠지고 우울해했어요.

아이에게 화가 날 때도 마찬가지였어요. 아이에게 화를 낸다는 사실을 부정적으로 생각하고 그 감정을 받아들이지 못했어요. 그저 그 감정을 인정하고 '상황'을 되짚어보면 되는 것인데, 화가 나니까 '아, 이러면 안되는데'에 급급했었던 것 같아요. 게다가 아이의 화를 받아들이고 공감하기는 더더욱 어려웠습니다.

정혜신의 〈당신이 옳다〉에서는 다음과 같이 말합니다.

좋은 감정이든 나쁜 감정이든
모든 감정은 옳다.
모든 감정은 그 자체로 존중받아야 한다.

공감받지 못해 힘들었던 그 시간 동안 읽었던 책 중의 한 내용이에요. 감정은 그저 내 존재의 상태에 대한 자연스러운 신호라고 말하는 정혜신 님의 책은 그 당시 저에게 정말 큰 힘이 되어 주었어요. 그리고 알게 되었지요. 좋은 감정이든, 부정적인 감정이든 나의 모든 감정은 항상 옳다는 것을요.

아이를 바라볼 때도 마찬가지예요. 아이의 부정적인 감정을 해결해 주려는 것에 급급하기보다 우선 그걸 나쁘게 보지 않는 연습이 필요하다는 것을 알았어요. 아이가 울고 화내는 것에 대해 부정적으로 다가가면 오히려 공감해 주지 못할 때가 많았습니다.

아이가 우는 모습을 보면 나의 어릴 적 모습을 보는 것 같아서 울음을 멈추게 하고 싶었지만, 관점을 바꿔 '그래, 많이 슬펐구나. 울고 싶으면 울어도 돼.' 라며 공감하고 그 감정을 받아들이고부터는 아이도 한결 편해진 모습을 보일 때가 많았습니다.

꽤 오랜 기간 상담을 받으면서 우울감이 나 자신을 삼키려 할 때도 그 감정을 받아들이자고 인정한 순간부터 치유가 일어났어요. 감정을 수용하고 나니 그때의 내가 있었기에 지금의 나도 있다고 믿게 되었습니다. 무엇보다 중요한 것은, 나 자신에 대한 공감은 타인에 대한 공감보다 우선이라는 것이었어요. 공감을 받아 본 사람이 타인을 공감해 줄 수 있듯이, 나 자신을 치유하고 난 뒤의 육아는 그 전과는 너무나도 다른 차원의 육아가 되었습니다.

끝없는 육아 속에서 나의 감정을 돌보기란 쉬운 일이 아니지만 엄마의 마음도, 아이의 마음도 소중하다는 것을 알게 된 순간부터 나와 아이를 진정으로 사랑할 수 있게 되었어요. 그러니 나와 아이가 느끼는 감정은 모두 이유가 있고 옳은 것이라는 것을 잊지 않으려 해요. 내가 노력하는 한 우리의 감정은 존중받을 수 있으니까요.

엄마의 마음이 아프고 흔들린다면, 그 마음을 먼저 인정하고 받아들여야 해요. 그래야 아이를 공감의 눈빛으로 바라볼 수가 있습니다. 우리의 감정은 모두 소중해요. 그리고 존중받아 마땅합니다. 감정을 외면하지 마세요. 받아들이는 거예요. 아이를 돌보듯이 나의 소중한 감정도 돌보는 시간이 필요합니다.

06 / 너희들 덕분에

　　　내가 힘들었던 그 시절을 자꾸만 잊고 살 때가 있어요. 지금 좀 괜찮아졌다고, 많이 나아졌다고, 그 고통이 사라졌다고 자만하는 것일까요? 사실, 다 아이들 덕분이었거든요. 제가 좋아진 것은.

그런데 그런 아이들에게 모진 말을 내뱉는 나 자신을 보며 아직도 눈물을 참 많이도 흘립니다. 아이들이 서로 다투거나 엄마를 탓하는 말을 들을 때, 그 상황들이 반복되다 보면 너무나 힘든 나머지 아이들에게 불같이 화를 내게 되기도 해요. 그리고 자책을 하지요.
'내가 엄마로서 잘못한 게 있나 보다.'

이렇게 힘든 날은 한없이 미안한 마음에 아이들을 부둥켜안고 엄마가 미안하다며 눈물을 펑펑 쏟기도 했어요. 그러면 아이들은 울고 있는 엄마를 오히려 토닥여 주고 위로해 줍니다. 이렇게 아이를 통해 위로받는 날도 많았어요.

아이들의 문제 행동이지만 그 행동의 원인을 엄마인 저에게서 먼저 찾는 것이 습관이 되었어요. 아이들이 이렇게 행동을 하는 데에는 분명 부모의 태도와 언어에서 문제가 있었을 것이라고 생각하며 지난날을 떠올려 봅니다. 그리고 더 열심히 책을 읽어요. '아, 나는 아직도 공부할 게 많이 남아있구나.' 하고 오늘도 책을 펼쳐 들어요.

책을 읽고 가만히 생각해 보면 모든 것들이 다 아이들 덕분이었어요.
내 어렸을 적 상처와 마주하고 이겨내는 것은 아이들을 키우면서 가능했습니다. 나의 아이들을 통해 어린 시절을 바라볼 수 있었고, 그런 내면 아이를 공감하고 위로해 줄 수가 있었지요. 그리고 나 자신을 먼저 돌봐 주어야 내 아이를 돌볼 수 있다는 것을 깨달았어요.

'진정한 사랑'이라는 것도 아이들을 통해 배웠습니다. 아이들의 엄마를 향한 그 '조건 없는 사랑'은 어른인 저를 참 부끄럽게 만들 때가 많았어요. 하물며 아이도 조건을 달지 않고 엄마에게 무한한 사랑을 보여주는데, 저는 왜 그동안 아이들에게 그렇게 바라는 것이 많았는지 후회가 되기도 했습니다. 그저 안아주고 사랑해 줄 걸, 왜 그리 어렵게 생각했는지.

하지만 이제는 알 것 같아요. 사랑한다는 것이 어떤 의미인지, 아이들이 그동안 저에게 가르쳐 주었어요. 앞으로는 제가 그 사랑을 건강한 마음으로 아이들에게 전해 주려 해요. 그리고 보듬어 주려 해요. 때로는 힘이 부치는 날도 있겠지만, 아이들 덕분에 극복할 수 있었던 그 순간과 배운 사랑을 기억한다면 어떤 어려움도 이겨낼 수 있을 거라고 믿어요.

정말 눈에 넣어도 안 아플 예쁜 내 딸들. 그런 두 딸을 바라보면 참 감사해요. 아이들 덕분에 헤어 나올 수 없을 것만 같았던 우울을 극복했고, 덩달아 행복한 가정을 얻었어요. 아이들이 없었더라면 제 삶도 없었을 정도로 저에게 아이들은 너무나 소중한 존재입니다. 그리고 아주 많이 사랑한다고 진심을 다해 말해 주고 싶어요.

"세영아, 세은아!

너희들 덕분에 엄마가 힘듦을 이겨냈고

진정한 사랑을 알게 되었어.

엄마에게 행복을 찾아줘서 너무나 고마워.

그리고 엄마가 아주아주 많이 사랑해."

아이가 엄마의 사랑을 확인하려 한다면,
'아이를 조건 없이 사랑하는 것'

Chapter

02

마음아,
내가 지켜줄게

엄마의 마음 근육 기르기

01 / 여자의 마음에
대하여

여자로 태어나면 누군가의 딸.

결혼을 하면 누군가의 아내.

엄마가 되면 누군가의 엄마.

이렇게 여자는 보통 딸, 아내, 엄마의 과정을 거치는 것 같아요.

우선 저는 '좋은 딸이 되고 싶었어요.'

태어난 순간부터 결혼을 해 독립하기 이전까지는 엄마의 품 안
에서 지냈어요. 그 지내는 과정동안 엄마의 사랑을 많이 받았
지만, 반대로 상처를 받을 때도 있었습니다.

저희 엄마는 감정이 매우 여리셨어요. 슬플 땐 눈물도 보이셨고, 누구나 그렇겠지만 자식들에게 욱하며 화를 낼 때도 있었습니다. 그런데 그때는 그런 엄마가 너무 미웠어요. '왜 나한테 화를 낼까?' 라는 생각도 들고, '우리 집도 다른 집처럼 밝았으면 좋겠다.' 라는 생각이 들 때가 많았습니다. 그래서 오히려 '내가 잘해야겠다.' 라고 마음먹었던 것 같아요.

저는 '착한 딸 콤플렉스' 를 갖고 있었어요. 저희 엄마는 공부를 강요하거나 하기 싫은 일을 하도록 힘들게 하지는 않으셨는데, 평소에 칭찬에는 인색하셨던 기억이 나요. 그래서 나는 말을 잘 들어 엄마에게 칭찬받고 싶었고, 공부를 열심히 하는 모습을 보여줘서 칭찬받고 싶었고, 여러 가지 일로 늘 칭찬을 받고 싶어 했어요. 반대로 생각하면 나에 대한 엄마의 표현이 적었던 만큼 아쉬움도 컸습니다.

엄마의 딸로 지내면서 엄마에게 서운했던 감정들을 생각하면 마음 한편이 먹먹해짐을 느껴요. 그런데 제가 엄마가 되고 육아를 하면서 그런 나의 엄마의 마음을 조금은 헤아리게 되었습니다.

저는 '좋은 엄마가 되고 싶어요.'

서른 살이 되어 엄마가 되고 보니 내 엄마가 느꼈을 감정, 기분, 표현들이 조금씩 이해가 가기 시작했습니다.
'아, 나의 엄마도 이때 이런 기분이었겠구나, 아 우리 엄마 힘들었겠다. 고생했겠다.'
아이를 키워보니 내 깊은 무의식에 잠재되어 있던 수많은 감정과 표현들이 드러나기 시작했어요. 슬픔, 고통, 절망, 분노, 연민 등 정말 많은 감정들이 있었고, 그 감정들은 하나같이 내 소중한 딸들에게 드러내 보이기 시작했습니다. 맞아요. 내 아이를 키우면서 나 자신과 마주하게 되었고, '그래서 엄마가 그때 그랬었구나.' 가 되었습니다.

아이를 낳고 초반에는 정말 심한 괴로움에 쌓여있었던 것 같아요. 출산하고 나서 얼마 되지 않아 나도 처음인 이 감정들을 주체할 수도 없었고, 어떻게 받아들여야 할지도 몰랐어요. 그래서 많은 혼란을 겪었습니다. 나 자신 하나도 이렇게 감정에 치이는데, 하물며 가족들의 일도 겹치고 하다 보니 그때는 제 인생에서 가장 큰 힘든 시기였어요. 이런 나를 아무도 이해해 주지 않는다는 것이 너무나 힘들었습니다. 몸도 마음도 지쳐갔어요.

아이는 계속해서 제 무의식의 감정들을 건드렸고, 저는 계속해서 그 감정들을 대면해야 했어요. 그런데 그 대면의 시간이 필요하다는 것을 책을 통해 배웠습니다. 감정에는 죄가 없다는 것을 알았고, 차곡차곡 쌓여온 그 감정들은 어른이 된 지금에서야 알아보고 돌봐 줄 수 있게 되었어요. 그리고 그 과정을 통해 내 아이를 더 사랑으로 감싸 안고 보살펴 줄 수 있게 되었고, 마음의 여유도 생기는 일이 일어났어요.

저는 '좋은 아내가 되고 싶어요.'

지금의 남편과 10년을 연애하고 결혼했어요. 오랜 시간이 흘렀지만 지금도 남편이 참 좋습니다. 남편은 누구보다 제 감정을 잘 헤아려 주었고, 늘 버팀목이 되어 주었어요. 연애를 할 때도, 결혼을 해서도 한결같은 모습에 배울 점이 많은 사람임을 느낍니다. 남편은 평소 표현을 잘하지 않는 사람이에요. 하지만 사소한 행동을 통해 마음이 느껴지지요. 늘 저를 아끼고 생각하고 있다는 것을요. 이런 남편도 아빠가 처음 되고 나서는 저와 혼란을 겪을 때가 있었습니다.

첫 아이를 출산하고 몸도 마음도 지쳐있을 당시 남편은 갑자기 힘든 저를 이해하지 못했어요. 오히려 아이를 부모님들께 보여드리고 싶은 마음이 더 큰 나머지 저는 그다음이 되고 말았어요. 하지만 많은 갈등과 힘든 시기를 거치면서 남편이 조금씩 저를 이해하기 시작했습니다. 그리고 진심으로 미안해했어요. 엄마가 처음인 나도 힘들었으니, 아빠가 처음인 남편도 힘들었을 것이라 생각해요. 그렇게 서로 이해하고 보듬어가는 과정을 통해 오늘이 되었고, 지금은 누구보다 서로를 아껴주고 사랑해 주고 있음을 느낍니다. 이제는 내가 좀 받지 못하더라도 남편에게 더 잘해 주고 싶고, 좋은 아내가 되고 싶다는 생각을 해요.

우리는 있었던 일을 되돌릴 수도, 한번 생긴 상처를 없앨 수도 없어요. 그저 안고 살아가는 것이지요. 하지만 안고 살아가더라도 그것들을 어떻게 어떤 방식으로 안고 살아갈지는 선택할 수 있지 않을까요?

저는 어렸을 적 힘들었던 상처들, 감정들을 아이를 낳고 내 아이를 통해 대면하면서 돌봐 주고 있어요. 그리고 내 아이에게 사랑을 전해 주며 더 성장해 나가고 있다고 생각해요. 남편과도 힘들었던 그 시기를 지금은 발판으로 삼아 더 좋은 관계를 향해 나아가고 있지요. 모두가 딸도, 엄마도, 아내도 여자로서 느낄 수 있는 이 감정들을 방치하지 않았으면 해요. 그 감정들을 실컷 느끼고 성숙해지면서 더욱 성장해 나갔으면 좋겠습니다.

누구에게나 자기만의
이유가 있다

"엄마, 나 너무 힘들어. 몸도 마음도 너무 지쳤어."
아이를 낳고 시댁을 오가며 친정엄마에게 제가 한 말이에요.

"우리도 아기를 하루만 못 봐도 이렇게 보고 싶은데, 시부
모님께서는 얼마나 보고 싶으시겠니? 네가 힘들어도 조금
만 참고 잘 다녀와"

이렇게 말씀하시는 친정엄마가 미웠지만, 모두가 불편해지는
것이 싫은 저는 제 힘듦을 뒤로 하고 그렇게 친정과 시댁을 매
주 오갔습니다.

우리는 살면서 억울한 일을 겪을 때 "나 진짜 억울해! 나는 ~ 해서 그런 건데!"라고 화를 내기도 해요. 반대로 억울한 사람의 하소연을 듣다 보면 '저 사람은 뭐가 저리 억울할까? 내가 볼 땐 아무것도 아니고만 뭘.' 하고 생각하기도 하지요.

그런데요, 아이를 낳고 인생의 가장 큰 파도를 넘기며 배운 건, 모든 사람은 '그럴 수 있다' 였어요. 내가 혹은 누가 어떤 말과 행동을 하든, 그게 아무리 터무니없고 어이없는 것일지라도 다 이유가 있더라고요. 어떻게 보면 참 단순한 이 사실을 알게 되기까지 너무도 많은 시간이 걸렸습니다.

한때 저는요, 아무도 내가 힘든 걸 알아주지 않는다고, 나를 이해해 주지 않는다고 화를 내고 투정을 부렸어요. '어떻게 저렇게 생각하지? 어떻게 저럴 수 있지?' 하면서요.
첫째 아이를 낳고 힘든 시기를 거치면서 간신히 버티고 있는 나를 대하는 남편, 부모님, 시부모님의 말들과 태도에 상처를 많이 받았었습니다. 그리고 그들을 도저히 이해할 수가 없었어요. 오로지 내 기준에서 생각하고 행동했기 때문이죠. 물론 누가 보아도 정말 상처가 되는 말과 행동도 있었어요. 하지만 지금 돌이켜보면 '그들도 그 말과 행동에 다 이유가 있지 않았을까?' 라는 생각이 듭니다. 사실 친정엄마께서는 힘든 저보다 먼저 시부모님들의 입장을 생각해 주신 거예요. 딸은 힘들다고 했지만, 엄마의 입장도 있는 것이죠.

1, 2년 정도의 시간이 흐르면서 가족들을 이해하기 위해 시작한 게 있어요.

1. 매일 책 읽기
2. 매일 부모님들께 전화 드리기

매일 책 읽기는 내 마음과 지식을 위해 시작했어요. 물론 그 매일이 지켜지지 않는 날도 있지만, 되도록 책을 손에서 놓지 않으려 하고 있어요. 책을 읽으면 읽을수록 내 마음도 이해가 되고, 타인도 이해가 되어감을 느꼈어요. 책은 주로 심리학 서적이나 육아 서적을 읽었는데, 특히 심리학 서적이 많은 도움이 되었습니다.

그리고 매일 부모님들께 전화 드리기는 원래 친정엄마에게 매일 아침 전화를 드렸는데, 시어머니께는 그렇게 하지 못했어요. 그런데 매일 책을 읽으며 나 자신을 이해하고 알아가던 중 어느 날 생각이 들더라고요. '그래, 시어머니께도 전화를 드리면서 짧게라도 매일 이야기를 나누어 보자.' 아마 대부분의 며느리들은 이런 저의 생각을 이해하지 못할 수 있어요. 하지만 저는 친정엄마와 매일 통화를 하며 대화를 나누면서 더 친밀감을 느끼고 매일 얼굴을 보는 것 같은 느낌을 받았거든요. 이걸 시어머니와도 해보면 더 잘 지낼 수 있을 거라는 생각에 시작을 해 보았어요. 시어머니께서 처음에는 제가 아침부터 전화를 하니 무슨 일이 생긴 줄 알고 놀라셨었죠. 하지만 그걸 매일 하니 벌써 2년이 다 되어가고 있습니다. 이제는 친정엄마도, 시어머니도 제가 아침에 전화를 안 하면 무슨 일이 생겼나 하고 궁금해하실 정도예요.

참 신기하게도 이 두 가지의 노력으로 '그래, 모든 사람에게는 다 자기만의 이유가 있어.' 라는 생각에 확신을 갖게 되었어요. 그 사람과 대화를 하면서 속마음을 알게 되고, 이해를 하게 되어 저도 마음이 편안해짐을 느낍니다.

모두가 저와 같이 이런 노력을 하도록 글을 쓰는 것이 아니에요. 나를 위해서도, 타인을 위해서도 우리는 어떤 노력을 해야 한다는 것이죠. 그냥 단순히 내가 그 사람이 이해되지 않는다고 끝날 것이 아니라 '그래, 그 사람 입장에서는 그럴 수 있어. 다 이유가 있겠지.' 이 생각을 하게 되기까지 나만의 어떠한 노력이 필요하다는 것을 말하고 싶어요.

오늘도 저는 아침에 아이들을 등원시킨 후 친정엄마와 시어머니께 전화를 드렸어요. 두 분 다 하나같이 "아이들은 잘 등원했니?"하고 물어보십니다. 그리고 전날 있었던 이야기를 나누기도 해요. "다른 사진을 찾다 보니 이 사진이 있더라."하시며 시어머니께서 사진을 한 장 전송해 주셨어요. 바로 저와 남편 사진인데, 첫째 아이를 임신했을 때 찍은 사진이었어요. 코스모스 꽃밭에서 둘이 마주 보고 웃으며 서 있는데, 그 사진이 어찌나 반갑던지요. 오늘은 그 사진을 주제로 이야기를 나누면서 그때의 추억을 되살려 보기도 하였어요.
별것 아니지만 매일의 이런 노력들이 쌓이고 쌓여 관계가 되고, 나 자신도 밝아지고 있음을 느껴요.

오늘도 이 기운으로 힘을 내서 아이들과 힘차게 지내보려 합
니다.
모든 육아 맘들이여 힘내소서!!

03 / 희생과 헌신

내가 나 자신을 돌보지 않고 사랑하지 않을 때 내 아이에게 사랑을 줄 수 있을까요?

제가 겪은 바로는 내가 나를 사랑하지 않는 날들은 줄곧 어둠이었어요. 앞이 보이지 않는 그 캄캄한 어둠 속에서 아이를 키우고 있었지요. 마치 육아가 끝없는 동굴과 같았어요.

육아는 전혀 즐겁지 않았고, 내 몸만 축나는 것 같았고, 그러니 아이가 미워 보이기도 했습니다.

남편에게도 마찬가지였어요. 더 솔직히 말하면 제 주변 모든 사람들에게 그랬던 것 같아요. 첫째 아이가 태어나고 양육할 때는 그 정도가 아주 심했습니다. 내가 낳은 내 아이니까 먹이고, 재우고, 씻기고 열심히 키웠지만, 저의 내면에는 지금 내가

'희생'을 하고 있다는 생각이 들었어요. 내 아이와 주변에 내 선에서 최선을 다했지만, 그게 당연한 것이고 도리이며, 모두 희생이라 여겼습니다.

'희생'의 사전적 의미는 어떤 사물, 사람을 위해서 자기 몸을 돌보지 않고 자신의 목숨, 재산, 명예 따위를 바치거나 버림이라는 뜻이에요.

이처럼 저는 아이에게든, 남편에게든 '희생'이라는 것을 하고 나니 그다음이 문제였어요.

'내가 그동안 어떻게 했는데, 그럼 나는? 나한테 남은 건 뭐지?' 이런 억울한 생각이 들었습니다.

하지만 지금에 와서 생각을 해보니 주변에 희생을 한다는 생각부터가 잘못이었음을 깨닫습니다. 내가 나 자신을 돌보고 사랑하지 않았기 때문에 그건 결국 진정한 사랑이 아니었음을 후회하게 되었어요. 내 아이가 너무나 예쁘고 사랑스러웠지만, 제 내면에 '희생'이 자리잡고 있는 이상 진정으로 마음을 다해 사랑하지 못했던 거예요. 내 아이에게, 남편에게, 그리고 더 나아가 양가 부모님들께 진심을 다해 마음을 전하고 사랑하지 못했었음을 뒤늦게 깨달았어요.

저는 나 자신을 사랑하지 않았어요. 나를 아끼고 돌보지 않았고 오히려 미워했어요.

'나는 왜 그럴까? 뭐가 문제지?' 라는 생각을 달고 살았습니다. 그렇게 헤어 나오지 못하는 감옥 같은 삶을 살다 내 아이를 잘 키우기 위해 읽은 책들 속에서 답을 찾았어요. 그리고 내 아이를 위해 살고자 손을 내민 상담사를 통해 깨달았습니다. 나 자신을 사랑해야 아이도 사랑할 수 있다는 사실을요.

〈푸름아빠의 아이를 잘 키우는 내면 여행〉의 저자 최희수 님은 헌신에 대해 이렇게 이야기하고 있어요.

"헌신하는 부모는 자신의 내면에 이미 많은 것을 가지고 있고, 또한 자신을 사랑할 줄 알기에 조건 없이 아이에게도 베풀 수 있지요.

아이에게 헌신하는 부모는 아이의 말, 행동, 생각에 과민반응 하지 않고 아이를 바른길로 이끌기 위해 묵묵히 노력합니다."

'희생' 하는 부모가 아닌, '헌신' 하는 부모가 되기 위해서 나라는 존재 그 자체를 받아들이고 사랑하는 연습이 필요해요. 내가 나 자신을 사랑할 때 내 아이와 주변에도 마음을 다해 사랑을 전할 수가 있어요. '나 자신을 사랑하는 것' 을 실천하고, 내 아이에게 내적 불행이 아닌, 내적 행복을 물려주기 위해 오늘도 노력하는 모습은 나를 변화시키는 일임이 분명합니다.

지금 당신은 가족에게 희생을 하고 있나요? 헌신을 하고 있나요? 한 번쯤은 자신에게 이 질문을 던져 볼 필요가 있다고 생각해요. 끝없는 육아를 하면서 엄마인 자신은 과연 아이들을 위해 희생을 하고 있는지, 헌신을 하고 있는지 생각해 보는 거예요. 만약 내가 희생을 하고 있다고 생각한다면 자기 자신을 돌보는 일에 더 고민해 보길 바라요. 내가 나를 돌보며 하는 육아는 나를 변화시키고, 변화된 내 모습을 통해 아이들에게도 진정한 사랑을 전해 줄 수가 있습니다.

04 / 나의 육아메이트

요즘에는 '공동육아'라는 말이 참 많이 들려요. 육아가 고되고 힘들어서 일수도 있고, 함께함으로써 시너지 효과를 얻기 위함도 있을 거예요. 공동육아를 하다 보면 또래 친구들과의 만남도 있고, 다양한 커리큘럼도 있으니 분명 좋은 점들이 많이 있어요. 하지만 저는 영아기에는 아이에 대해 가장 잘 아는 양육자로부터 내 아이의 컨디션에 맞추어 생활하고 놀이하는 게 가장 좋을 것이라는 생각이 컸어요. 그래서 주로 엄마와 아이 단둘이서 보내는 시간이 많았습니다. 그런데 사실 내 아이에 맞춰 '홀로' 육아하기란 쉬운 일은 아니었어요.

그런 저에게 육아메이트가 있었으니, 바로 '남편'입니다.

남편이야말로 자신의 아이이니 아이에 대해서 잘 알고 있고, 또 저를 이해해 줄 수 있는 존재이니 가장 큰 의지가 되어 주었어요.

다행히 남편은 육아와 살림에 적극적으로 참여하는 편이고, 무엇보다 아이와의 애착 형성을 위해 많은 노력을 했어요. 항상 가족이 먼저인 사람인지라 퇴근하면 바로 집에 와서 아이들을 안아주고 저녁을 먹으며 그날 있었던 일에 대해 이야기를 나누어요. 그리고 아이들을 씻기기도 하지요. 밥 먹은 것 뒷정리부터 청소까지 마다하지 않는 등 살림을 도맡아 하는 편이라 그런 아빠를 보며 아이들이 배우기도 하고 긍정적인 영향을 미치고 있는 것 같아요.

이렇게 가족에게 열심이다 보니 육아에 대한 고민도 남편과 가장 많이 나누고는 하는데, 아이의 훈육부터 교육까지 고민이 되는 것이 있으면 남편과 상의를 합니다. 다행히 남편과 육아관이 잘 맞는 편이라 아이들에게도 되도록 혼란을 주지 않고 일관되게 양육할 수 있다는 좋은 점이 있어요.

육아를 하는 데 있어서 나의 육아관을 지지해 주는 사람이 있다는 것은 생각보다 큰 힘이 되는 것 같아요. 아이를 키우다 보면 태어난 그 순간부터 늘 고민과 선택의 연속인데, 그럴 때마다 남편과 이야기를 하고 위로도 받으며 성장해 가고 있음을 느낍니다.

저는 가끔 아이들에게 '욱' 할 때가 있는데, 차분한 남편은 아이들에게 화를 내지 않고 친절하게 설명해 주는 모습을 보여서 배우기도 해요. 내가 부족한 것을 나의 육아메이트인 남편으로부터 배우고 채우고, 남편도 부족한 부분은 저에게 배움을 청하기에, 육아에 있어서는 서로에게 '윈윈' 하는 관계가 되어가고 있지요.

특히 체력이 부족한 저를 대신해서 남편이 아이들과 몸으로 놀아주는 편이에요. 아이들은 아빠가 회사에서 돌아와 함께 저녁을 먹고 나면 아빠와 구르고 간지럽히는 등 신체 놀이를 신나게 하고, 그러다 책을 가져와서 보기도 하며 아빠와의 저녁 시간 놀이를 즐겨요. 주말에는 아빠와 아이들 셋이서 밖에 나가 공놀이를 하거나 놀이터에 다녀오는 등, 남편은 아이들과 정서적 교류를 위해 많은 노력을 하고 있습니다. 그래서인지 아이들이 아빠를 참 많이 좋아해요. 낮에도 아빠가 언제 오시는지 물어보고, 아빠가 오면 비밀번호 누르는 소리만 들어도 "아빠다!" 하고 소리를 치며 하던 일을 멈추고 다다다 달려 나갑니다. 그 모습을 보고 집에 오는 것이 즐겁다는 남편이기도 해요. 늘 "아빠, 얼른 할 일 마치고 우리랑 놀아줘요!"라고 말하는 아이들. 그 틈을 이용해 저는 하고 싶은 일도 하고, 쉬면서 저만의 시간을 보내기도 합니다.

첫째 아이가 태어났을 때는 친정에서 지냈고, 남편은 출장을 다녔기 때문에 주로 제가 양육을 했지만, 둘째의 경우 남편과 같이 양육을 했어요. 초유만 먹이고 바로 분유를 먹였는데, 체력이 부족한 저를 대신해 새벽 수유는 항상 남편이 했습니다. 둘째는 잠도 남편이 데리고 잤어요. 분유 먹이고, 기저귀 갈아주고, 재우는 등 어찌 보면 참 귀찮고 피곤한 일일 텐데, 아이들의 아빠는 항상 적극적으로 육아를 했어요.

아빠가 아이와 보내는 시간이 많을수록 엄마에게도 좋지만 아빠 역시 육아를 하면서 육아가 쉽지 않다는 것을 알 수 있고,

아이들에게도 긍정적인 영향을 미칠 수 있다고 생각해요. 아빠와의 친밀 관계가 아이들의 자존감을 높일 수 있다고 하듯이 아이를 양육하는 것을 엄마만 해서도 안되고, 가정에서 아빠의 역할이 줄어드는 일도 있어서는 안된다고 생각합니다.

만약 저에게 이런 육아메이트가 없었다면, 쉴 틈이 없었다면 육아가 정말 쉽지 않았을 것 같아요. 그러니 되도록 혼자서 육아를 도맡아 하기 보다는 남편이든, 할머니 혹은 할아버지든, 같은 나이 또래의 육아 엄마이든 누군가 하루 중 잠깐이라도 '함께' 하는 것이 육아의 질을 높일 수 있고, 본인에게도 플러스 요인이 있을 것이라고 생각합니다.

사실 꼭 사람이 아니더라도 남편 외에 육아서도 많은 도움이 될 수 있어요. 육아서의 경우 부모교육 전문가나 현실 육아에 처해 본 혹은 현재 처해 있는 엄마들이 직접 쓴 책이 많기 때문에 신뢰도가 높고 자극이 될 수 있어요. 저도 마음을 다잡는 데 많은 도움을 받았습니다.

육아로 힘들다면, 자신이 없다면 나만의 육아메이트를 찾아보는 것은 어떨까요?

때로는 혼자 최선을 다하는 것보다 다른 도움을 받는 것도 '지혜' 입니다.

05
엄마는 너를
아주 많이 사랑해

"엄마! 나 싫어하지?!"

어느 날 첫째가 아주 날카로운 목소리로 저에게 이런 말을 했어요. 처음에는 그 질문이 너무 터무니없다고 생각해 단순히 웃으면서 "그럴리가~"하고 넘겼어요. 그런데 아이가 자꾸 "엄마, 나 싫어하지? 싫어하잖아! 동생만 예뻐하고!"라고 울분을 터뜨리는 거예요.

순간 '뭔가 잘못됐구나.' 라는 생각이 들었습니다.

첫째가 3살일 때 둘째가 태어났어요. 두 살 터울의 자매이지요.

남편과 저는 첫째에게 '동생으로 인한 스트레스'를 최대한 이해해 주어야겠다는 생각을 했고 나름의 노력을 했어요. 동생에 관한 책 읽어 주기, 첫째 아이가 태어났을 당시 사진이나 영상을 보여주며 이야기 나누기, 태어나고 나서는 첫째 아이와 함께 동생 돌보기(기저귀 가져다주기, 책 읽어 주기) 등 동생에 대해 애정을 느끼고 함께할 수 있는 것들을 했습니다. 그래서인지 동생이 태어나고 2년 정도는 비교적 잘 지냈던 것 같아요.

그런데 둘째가 3살이 되고 자아중심적인 사고가 생기면서부터 첫째와 부딪치는 일들이 일어나기 시작했어요. 언니의 장난감 말 안 하고 가져가기, 언니가 보던 책 가져가기 등의 행동을 보여 그럴 때마다 반복해서 설명을 해주었어요. 하지만 아무리 설명을 해주어도 갈등이 생길 때가 참 많아요. 그럴 때마다 전 누구의 편을 들어주지 않고 나름대로 설명을 해준다고 해왔는데, 무엇이 문제였는지 첫째는 저에게 속이 많이 상한 모습을 보였습니다.

아이는 계속 엄마가 자신을 미워한다고 생각했어요. 심지어 '엄마 때문이야!'라는 말도 하는 첫째를 보며 저는 어느 순간부터는 화가 나기 시작했어요. '내가 너를 얼마나 이해해 줬는데, 어떻게 그렇게 생각하고 말을 하지?' 이 생각을 떨칠 수가 없었어요. 그러다 결국 아이에게 화를 낸 적도 있고, 너무 힘들어서 첫째를 안고 운 적도 있었습니다.

그런데 그런 일들을 겪으면서 문득 이런 생각이 들더라고요. '그래, 아이의 이런 행동에도 분명 이유가 있을 거야. 그리고 무엇보다 아이가 엄마의 사랑이 부족하다고 느끼니 내가 더 많이 안아주고 표현해 줘야겠다.' 하고요.

예전에 읽었던 책에 이런 내용이 있었어요.

> "아이 때문에 짜증나는가?
> 그렇다면 적어도 아이는 부모보다
> 훨씬 더 힘들어하고 있다는 것을 잊지 말자.
> 당신은 아이의 부모라는 사실도..."
> – 〈엄마의 화는 내리고, 아이의 자존감은 올리고〉 이자벨 피이오자

이 글을 읽으면서 얼마나 가슴을 쳤는지 모릅니다.

동생을 더 예뻐한다거나, 엄마 때문이라고 엄마를 탓하는 아이를 보며 억울한 마음이 들었지만, 아이가 그렇게 생각한 데는 분명 이유가 있었을 것이고, 그 불안과 긴장을 견뎠을 아이를 생각하니 너무나 가슴이 아파왔어요. 그래서 최대한 화를 내려놓고 아이를 바라보기로 했습니다. 물론 그 다짐을 지키는 것이 결코 쉬운 일이 아니었지만, 한고비 한고비를 넘기듯이 내 아이의 부정적인 마음들을 사랑으로 하나하나 보듬어 준다는 생각으로 꼭 안아주었어요. 그리고 사랑한다는 말도 꼭 해주었습니다.

신기하게도 아이는요, 엄마의 따뜻한 품 한 번, 진심이 담긴 사랑한다는 말 한 번으로 마음이 사르르 녹아내려요. 그리고 아무 일도 없었다는 듯이 엄마에게 쪼르르 와서 재잘재잘 이야기를 하지요.

아이는 엄마에게 조건이 없더라고요.
아이의 그런 조건 없는 사랑에 다 큰 어른인 저는 부끄러움을 느낄 때가 참 많아요.
'내가 그래도 어른인데, 엄마인데, 너한테 배우는구나!' 하고요.

엄마도 사람인지라 실수할 수 있어요. 나도 모르게 한 행동과 말이 아이에게 상처가 될 수 있지요. 아이가 동생으로 인해 자신이 사랑받지 못하고 있다는 느낌을 받는 것도 분명 부모의 행동에 이유가 있었을 거예요. 예전에 저는요, 그 원인을 그렇게 찾으려고 애를 썼어요. 그런데 물론 원인을 알고 고치는 것도 좋지만, 굳이 그 원인을 찾지 못하더라도 아이에게 억울한 감정과 화를 좀 내려놓고 한 번이라도 더 안아주고 사랑한다고 표현하는 것이 관계를 회복시킬 수 있는 훨씬 좋은 방법이겠다는 생각이 들었어요.

그래서 이제는 이렇게 생각해요.
　　"엄마, 나 싫어하지? 엄마는 나만 혼내고 나만 미워해!"
　　그럼 저는 '아, 내 아이가 지금 사랑받고 싶구나!'
　　"세영아, 엄마한테 속상한 것 있어?
　　엄마가 세영이를 싫어하다니. 얼마나 사랑하는데. 이리 와.
　　엄마가 안아줄게!"

아이는 기분이 안 좋을 때마다 유독 엄마와 함께 있기를 원해요. 더 안아달라고 하고 더 같이 놀자고 하죠. 그럴 때마다 귀찮아하지 않고 곁에 있어 주기로 했어요.

그럼 둘째는 "흥~ 엄마가 나는 안 안아주고~"라며 귀여운 투정을 보이기도 한답니다.

그럼 전 "우리 세은이도 엄~청 사랑하지. 이리 와. 우리 다 같이 안고 있을까?" 하며 셋이서 꼭 껴안고 있기도 해요.

너무나 금방금방 커버리는 아이들을 보면 이렇게 지낼 수 있는 시간도 많지 않을 것 같아요. 그래서 이제는 이 시간을 더욱 감사하며 헛되이 보내지 않으려 합니다. 아이가 둘이라고 해서 사랑을 반으로 쪼개는 것이 아니라 사랑이 하나 더 생겨 더욱 커진다는 것을 아이들에게 느끼게 해주고 싶어요. 아이가 엄마의 사랑을 확인하려 한다면, '아이를 조건 없이 사랑하는 것', 지금은 그것이 필요한 게 아닐까요?

06

엄마의 소신

아이를 낳고 나면 먹이고, 씻기고, 재우는 것부터 시작해서 양육자는 끊임없이 아이를 돌보는 일에 매진하게 되지요. 소위 '극한육아', '헬육아' 라는 말이 생길 정도로 육아는 만만한 일이 아니기 때문에 겪어본 사람은 누구나 공감할 이야기라고 생각해요.

저도 육아를 시작하면서 '엄마' 라는 극한직업 체험을 하듯 하루하루를 보냈던 것 같아요. 친정에서 지내다 홀로 독박육아를 시작했을 때는 밥을 먹거나 화장실을 가는 기본적인 것들도 내 마음대로 할 수가 없으니 정말 서럽기까지 했어요. 아이를 임신했을 때 사람들이 왜 "지금이 좋을 때다." 라고 했는지 이해가 가는 순간들이었습니다.

아이를 낳은 이후로 제 신경은 온통 '육아' 였어요. 그런데 돌아다니는 육아 정보는 어찌나 많은지, 차라리 몰랐으면 좋겠다 싶을 정도로 정보가 너무 많아 오히려 혼란이 오기 일쑤였고, 그것들을 변별해 낼 수 있는 능력도 부족했어요. 인터넷을 검색할 때도, 책을 볼 때도, 주변 사람들과 이야기를 할 때도 온통 육아에 관련된 내용들이었지만, 그렇다고 알게 된 만큼 활용을 잘 해내는 것도 아닌 말 그대로 '생초보 엄마' 였습니다.

우리는 아이를 낳아 키울 때 내 아이를 누구보다 잘 키워내고 싶은 마음에 여기저기서 많은 정보를 얻고 받아들여요. 사실 엄마가 처음인 그때는 무엇이 맞고 틀린지 모르는 적이 많지요. 그런데 중요한 건, 육아에서는 '맞고 틀린 것은 없다' 라는 것이었어요. 내 아이는 이 세상에 단 하나뿐인 존재이기 때문에 어디에 끼워 맞춰 키울 수가 없는 것처럼 육아에는 정답이 없어요. 오로지 내 아이만 바라보고 내 아이에 맞춰 흐르는 대로 육아를 하면 될 것을, 그때는 그걸 몰랐습니다.

그런데 시간이 지나고 생각해 보니 그 과정들이 오히려 저를 단단하게 만들어 주기도 했던 것 같아요. 수많은 육아 정보들 속에서 헤매고 적용해보다 보니 결국 '내 아이'는 이 세상에 하나뿐인 '고유한 존재'라는 사실을 깨달았고, '내 아이와 엄마에 맞춰가는 육아'가 내가 지향해야 할 육아 방향이라는 것을 알게 되었어요.

그걸 알게 되면서부터 육아에 관련된 정보를 받아들일 때는 마음도 가벼워지고, 내 아이에게 보다 집중할 수 있었습니다. 아이의 눈빛을 따라가다 보면 아이의 관심사를 알 수 있고, 더 나아가 아이의 마음도 알 수 있을 때가 많았어요. 아이의 눈빛에 집중할수록 엄마인 제가 무엇을 어떻게 해야 할지 알게 되었습니다. 그렇게 아이는 저를 성장시켰고, 변화시켜 갔어요.

저는 육아를 하면서 제가 아이를 키우는 것이라고 생각했어요. 그런데 어느 날 정신을 차리고 보니 아이를 통해 제가 자라고 있음을 느꼈습니다. 육아가 엄마인 나를 키우는 것이었다니. 아이를 낳기 전에는 전혀 그런 생각을 하지 못했어요. 아이를 키우는 게 육아고, 엄마는 그저 양육자라고만 생각했지요. 그런데 아이를 키우면 키울수록 아이와 저는 함께 성장해 가는 관계가 되어가고 있다는 걸 알았어요.

첫째 때 아이를 키워봤다고 해서 둘째 때 육아가 쉬웠던 것은 절대 아니었어요. 첫째 아이는 첫째대로, 둘째 아이는 둘째대로 각자의 고유성을 갖고 있기 때문에 둘은 너무나 달랐고, 제가 해야 할 일도 확연히 차이가 났어요. 그래서 거기에 제가 맞춰갔고, 그 과정을 통해 아이들을 알게 되고 엄마인 나 자신도 성장하게 되었습니다.

아이에게 집중하기 위해 했던 일 중 하나가 바로 책 읽기였어요. 아이에 관한 일이라고 해서 육아서만 읽은 것은 아니었고, 아이도 엄마도 사람이기 때문에 심리서적이 많은 도움이 되었어요. 인터넷에 떠돌아다니는 출처가 불분명한 정보보다는 많은 사람들에게 인정받은 사람, 혹은 그 분야의 전문가가 쓴 책은 오히려 신뢰도가 높기 때문에 받아들이는 데 있어서 의심하지 않을 수가 있었어요. 그리고 중요한 것은 책 속의 내용을 받아들일 때 그것을 무조건 나와 내 아이에게 적용시키려 하지 않았다는 점이에요. 위에서도 언급했듯이, 내 아이의 고유성을 지키려고 노력했어요. 엄마인 저도 저만의 육아관을 갖고 바라보았고, 우리에게 맞는 것들을 찾아갔습니다.

여기저기에 휩쓸리지 않고 확고한 육아관을 갖고 육아를 한다면 분명 아이들도, 저도 올바른 방향으로 성장할 수 있을 거라고 믿어요. 아이들을 키우면서 나 자신을 키워나가는 일. 이처럼 멋진 일이 또 있을까요. 그렇게 생각하고 나니 육아를 하는 이 순간들이 감사하기까지 합니다. 다시는 돌아오지 않을 이 순간들을 감사히 여기며 엄마와 아이들이 모두 반짝반짝 빛나는 하루를 살아갔으면 좋겠습니다.

07

꽤 괜찮은
엄마입니다

"아이를 키우면서 가장 힘든 게 뭐예요?"

누군가 저에게 이런 질문을 한다면, 저는 '아이가 울 때'라고 단번에 이야기를 할 것 같아요. 아이가 울기 시작하면 저는 욱하고 올라오는 '화'를 참아내지 못했어요. 그리고 화가 날 때면 내 아이들에게 온갖 감정들을 함부로 쏟아낸 후 후회하고 자책하는 악순환의 굴레에서 빠져나오지를 못했어요. 그만큼 저는 아이들이 울 때마다 화를 잘 내는 엄마였습니다.

아이를 아이 그 자체로 존중해 주지 못했어요. 출산을 하고 우울증을 겪으면서 어느 순간부터 감정을 조절하지 못하는 것을 느꼈어요. 아이가 예쁘다가도 화가 자주 올라오는 등 감정 조절이 너무나 힘들었어요. 그런 자신을 탓하며 고통스러운 시간을 보냈습니다.

'내가 지금 내 아이에게 무슨 짓을 하는 거지? 나는 엄마도 아니야. 이런 엄마는 없는 게 나아.' 이런 생각을 정말 수도 없이 했어요.

상담 치료를 받으면서도 저는 자책을 많이 했어요.

"저는 아이들에게 너무나 못된 엄마예요." 이 말을 상담사님께 늘 하곤 했는데, 어느 날 상담사님이 말씀하셨어요.

> "진경 씨, 진경 씨는 지금 아이들을 위해 이 자리에 와 있잖아요. 노력하고 있다는 거죠. 자책하지 않으셔도 돼요. 진경 씨, 꽤 괜찮은 엄마예요."

그 말을 듣는데, 두 손으로 가슴을 부여잡으며 눈물이 눈앞을 다 가릴 정도로 한참을 울었습니다.

지금 이 시간, 제가 이 자리에서 편안하게 지난 일을 글로 차분히 써 내려갈 수 있는 건 바로 '의지'가 있었기 때문이에요. 회복하고 싶은 의지, 나아야만 한다는 의지. 그리고 그 의지는 제 아이들에게서 나온 의지였습니다. 회복하고 싶은 이유도 다 아이들을 생각해서였어요. 아이들이 저를 변화시켰고, 아이들이 저를 살린 거예요.

그런 아이들을 생각하면서 생각을 바꿔 나갔어요.
'그래, 나도 노력하고 있어. 나 자신은 이제 그만 괴롭히고 아이들에게서 회피하지 말자. 내 새끼들 얼마나 마음이 아팠을까, 얼마나 힘들었을까, 더 많이 안아주자, 더 많이 사랑해 주자.' 라고 마음먹었습니다.

나 자신을 위해 노력하고, 내 아이들을 존재 자체로 사랑하기 위해 노력했어요. 그 노력의 과정은 너무나 힘들었지만, 지금 생각해 보면 그때의 노력이 있었기 때문에 지금의 제가 있고, 아이들이 있게 된 거예요.

주변을 둘러보면, 엄마들은 아이를 키우면서 정말 많은 자책을 하게 되는 것 같아요. 아이가 조금만 문제를 보여도 나 때문인 것 같고, 아이를 혼내고 나서도 '그러지 말걸.' 하며 후회하고, 늘 부정적인 감정들에 쌓이지요.

그런데요, 생각해 보면 우리는 아이를 임신하고 배 속에 품고 있던 그 순간부터 맛있는 음식을 먹고, 좋은 것들을 보고, 좋은 음악을 듣는 등 아이를 온몸으로 보호해 왔어요. 엄마로서 노력을 한 거죠. 배 속에서 자라나는 아이를 느끼던 그 순간을 떠올려보면 행복하기까지 해요.

엄마도 사람이니 실수할 수 있어요. 아이들에게 미안한 일에 대해서는 자책하기보다 사과를 하고 안아주면 되는 거예요. 그러니 우리 모두 한 번의 잘못으로 인해 나 자신을 책망하고 자책하는 일은 줄여갔으면 해요. 배 속에 품고 있을 때부터 그랬듯이, 안아주고 사랑해 주도록 해요. 사랑받은 아이는 흔들리지 않아요. 엄마의 마음도 단단해질 수 있습니다. 그리고 우리 모두 '꽤 괜찮은 엄마' 라는 사실을 기억했으면 좋겠어요.

'오늘도 아이들을 사랑으로 대할 수 있음에 감사하다.
아이들의 사랑을 듬뿍 받는 나도 너무나 행복하다.
내 가족의 사랑이 더욱 단단해짐을 느낀다.'

– 2022.4.4 am 11:11 지금 이 시간 느끼는 소중한 감정을 기억하며–

Chapter

03

애들아,
엄마랑 놀자!

우리들의 소박한 놀이

01

책 읽는 엄마,
책 보는 아이

어렸을 적 저희 집에는 책이 많이 있는 편이 아니었어요. 제 기억에는 그림책을 읽었던 기억보다는 오히려 TV 시청이 많았던 환경이었습니다. 그래서인지 그때는 잘 몰랐어요. 책이 중요하다는 사실을요. 책이 가져다주는 이로운 점을 알지 못했습니다.

성인이 되어서도 저는 책을 읽는 일이 별로 없었어요. 서점에 갔을 때의 즐거움도 몰랐지요. 그러다 결혼을 하고 임신을 하자 다들 많이 보는 임신, 출산 대백과를 읽고 싶어져 구매를 하였어요. 그리고 육아서도 그때 처음으로 읽어 보았습니다. 하지만 그동안 책을 꾸준히 읽어오지 않아서인지 책 내용이 와 닿지도 않고 끝까지 읽어내기가 너무 어렵게 느껴졌어요. 그렇게 흐지부지 책을 읽고 출산을 하게 되었습니다. 그때까지도 책의 중요성을 느끼지 못했어요.

그런데 아이를 낳고 아이가 돌이 되어갈 때쯤, 한 육아서를 알게 되었어요. 하은맘 김선미 님의 〈지랄발랄 하은맘의 불량육아〉였는데, 제목부터가 내용을 참 궁금하게 만들었고, 한두 장 읽다 보니 책을 끝까지 제대로 읽어 본 적이 없던 제가 책에 빠져들어 금세 한 권을 다 읽어내는 일이 일어났어요. 그 책을 읽고 나니 머리를 한대 세게 맞은 것 같은 기분이 들었어요. '아, 내가 지금 이렇게 시간을 보낼 때가 아니구나' 싶었습니다.
그 책 속에서는 책육아를 포인트로 메시지를 전해 주고 있었는데, 책의 중요성을 그때 알게 되었고, 내 아이에게 꼭 적용해야 겠다는 생각을 했어요.
그리고 그 책에서 소개한 푸름 아빠 최희수 님이 쓰신 〈배려 깊은 사랑이 행복한 영재를 만든다〉도 처음 접하면서 저는 최희수 님이 쓰신 여러 책들을 구매하여 정독하기 시작했습니다.

그 육아서들을 통해 '책육아' 라는 개념이 머릿속에 박히면서 저의 육아관도 차츰 자리를 잡아가기 시작했어요. 그리고 책이 얼마나 중요한지 알게 되었지요. 그 좋은 책을 내 아이도 보았으면 했어요. 저는 그때부터 육아서에서 말하는 대로 현실 가능한 계획을 세워 책육아를 하기 시작했습니다.

아이의 책을 고를 때는 아이의 관심사, 연령 등을 고려하여 선택하기는 하지만, 너무 많은 검색과 시간을 쏟지는 않도록 했어요. 책을 보며 느낀 것은 이 세상에 좋은 책은 많고 나쁜 책은 없다는 것이었기 때문에 적당한 선에서 고르고 아이에게 보여주었습니다.

처음에는 아이가 책을 장난감처럼 실컷 갖고 놀 수 있도록 했어요. 보드북들은 튼튼했기 때문에 블록처럼 쌓아놓는 놀이를 하기도 하였고, 책으로 길을 만들기도 하고 도미노 놀이를 하는 등 책을 친숙하게 느끼도록 해주었어요.

그리고 집 환경을 책에 맞추어 바꾸기 시작했습니다. 처음에는 아이가 주로 노는 곳에 3단짜리 선반을 눕혀놓아 책장으로 활용을 하다가 한두 달에 한 번 꼴로 전집이나 단행본을 들이다 보니 책장이 필요해졌어요. 그래서 가성비 좋은 책장을 구입해서 벽면마다 책으로 채우기 시작했습니다. 아이가 자주 가는 부엌에도 책을 뿌려두고, 화장실 앞에도 책을 두었어요. TV는 다른 방으로 옮기고 싶었지만, 방이 모자라서 결국 거실에 슬라이딩 책장을 구매해서 그 안에 TV를 가려지게 넣어 두었어요. 그래서 어느새 집은 어딜 가도 온통 책들이 보이는 환경이 만들어졌습니다. 가끔은 아이가 이 많은 책들을 너무 부담으로 느끼진 않을까 걱정도 되었는데, 다행히 아이는 거부감보다는 식탁에서 밥을 먹다가도 책을 보고, 장난감 방에서 놀다가도 책을 보고, 엄마 살림하는 부엌 바닥에서도 책을 보는 모습을 보였어요.

어떤 지인이 와서 보고는 책들이 집안 곳곳 여기저기에 있으니 책을 좀 정리할 필요가 있겠다고 하셨는데, 그저 웃고 넘겼습니다. 아이가 거부감을 갖는 환경이 아니었으니까요.

이렇게 쓰고 보니 아이가 하루 종일 책만 읽는 것 같은데, 사실 아이는 책을 계속 보기보다는 틈틈이 보는 편에 속해요. 신나게 놀이하다가, DVD를 보다가, 밥을 먹다가 등, 그저 책 읽기가 일상 속에 한 가지일 뿐이지요. 중요한 것은 아이가 일상 속에서 책을 즐긴다는 점이에요.

이 세상에 책을 싫어하는 아이는 없다고 생각해요. 단지 책의 즐거움을 모를 뿐이고, 그 즐거움을 알게 해주는 것은 부모의 역할이라고 생각합니다. 그러기 위해서는 부모인 저와 남편부터 노력을 해야 했어요. 일단 저희 집에서는 엄마인 제가 주양육자였고, 주양육자가 먼저 본보기가 되어야겠다고 생각했어요. 그래서 육아서든 뭐든 항상 아이 앞에서는 책을 들고 읽었습니다. 보기 싫어도 책을 붙들고 읽는 '척'이라도 했어요.
사랑하는 엄마가 계속 책을 보니 궁금한 아이는 엄마 책을 넘겨보고 갖고 놀다 자신의 책도 가져왔습니다. 아이가 책을 가져와서 읽어달라고 할 때는 너무나 기쁜 마음이 들어 열심히 읽어주었어요. 유아교육을 전공하고 출산 전까지 교사 생활을 했었기 때문에 제 나름대로 자신도 있었습니다. 책을 읽어 주는 날이 늘어날수록 아이가 책을 가져오는 권수도 늘어남을 느꼈어요. 처음에는 권수가 늘어날수록 뿌듯했지만, 사실 권수보다는 한 권을 보더라도 질 높은 독서를 하는 것이 중요하다는 것을 알게 되었어요. 그래서 보는 책 권수가 적은 날이 있더라도 조급해하지 않기로 했어요. 한 권을 보더라도 아이와 그림에 대한 이야기를 나누며 질적인 면을 높이려고 노력했습니다.

다행히 남편도 저의 책육아를 지지해 주었고, 가끔은 책을 너무 자주 들인다고 하면서도 아이들에게 책은 최선을 다해 읽어주었어요. 사실 직장에서 하루 종일 일을 하고 오면 아무것도 하기 싫을 때가 많을 텐데, 아이들이 아빠가 출근 할 때나 퇴근해서 돌아와서도 책을 읽어달라고 하면 그 자리에서 바로 읽어주었습니다. 청소를 하다가도 읽어주었고요. 이건 남편에게 너무나 고마운 부분이기도 해요. 사실 제가 남편에게 부탁을 했었어요. 아이들이 책을 읽어달라고 할 때는 정말 위급한 일이 아니라면 책부터 읽어주자고요. 그리고 급한 일 때문에 읽어주지 못할 때는 구체적으로 언제 읽어주겠다는 약속을 하도록 했어요. 남편은 저와 함께 이 부분을 지금도 지키고 있고 노력 중입니다. "이왕 노력하는 거 책 읽는 모습도 보여주면 좋을 텐데." 하고 남편에게 가끔 제가 애정하는 책들을 들이밀지만 조금 읽다가 마는 남편이에요. 한편으로는 '그래, 집에 있을 때라도 가만히 있고 싶을 테니, 그냥 놔두고 내가 노력하자.' 라는 생각이 들기도 해요. 그래서 남편에게 무리하게 요구하기보다는 진짜 지킬 수 있는 것 위주로 노력을 하기로 하였습니다.

아이들과 책육아로 시간을 보내는 동안 제 자신도 마음이 따뜻해지는 것을 느꼈어요. 내가 아이에게 읽어주는데, 내가 나에게 읽어주는 것 같은 기분이 들 때가 많았습니다.

첫째 아이가 3살 때 혀가 짧은 아기 발음으로 책을 달달 외워서 저에게 읽어줄 때가 있었어요. 그때 그 기분은 말로 표현 못할 기쁨이었습니다. 책을 외워서 읽는 것이 기쁜 게 아니라 아이가 책 자체를 즐기는 모습이 너무나 예뻤고, 그 예쁜 모습으로 엄마에게 책을 읽어주니 그동안 아이에게 책을 읽어준 날들이 보람되게 느껴졌기 때문이었어요.

6살이 된 첫째 아이는 지금도 책을 즐깁니다. 보통 책보다 영상에 노출이 먼저 되면 책을 멀리하게 될 수 있는데, 책의 즐거움을 맛본 첫째 아이는 영상을 보더라도 중간중간 앉아서 책을 보거나, 어느 시점이 되면 스스로 끄는 모습을 보여요. 조심스럽게 추측해 보자면 책으로 인해 영상에 중독되는 일을 막은 것 같기도 해요. 첫째가 이런 모습을 보이니 둘째도 책을 즐기는 모습을 보입니다. 물론 둘째가 첫째를 보고 다 따라 하는 것도 있지만, 사실 둘째가 태어났을 시기에는 가장 힘든 때라 책

놀다가 앉아서 책을 보는 아이

자고 일어난 아침, 거실 소파에 나란히
앉아 책을 보는 아이들 사진

엄마의 책을 가지고 놀이하는 아이들

을 많이 읽어주지 못했는데, 어린이집을 퇴소시키고 함께 시간을 보내면서 둘째에게도 책의 즐거움을 알 수 있도록 똑같이 노력을 하였어요. 그런 시간을 보냈기 때문에 아이들이 책을 좋아하게 되었을 것이라고 생각해요.

아이들과 저는 지금도 책은 늘 곁에 둡니다. 잠시 외출할 때도, 할머니 할아버지 댁에 갈 때도, 여행을 갈 때도 언제나 아이와 저는 책을 챙기고 읽습니다. 함께 책을 보며 이야기 나누고 웃는 그 시간은 절대 무엇과도 바꿀 수 없는 소중한 시간이고, 훗날 아이들에게 멋진 추억으로 남을 것이라고 생각해요. 꼭 보지 않더라도 책으로 노는 시간들이 쌓이고 쌓여 책도 하나의 친구로 받아들였으면 하는 바람이에요. 그리고 책으로 인해 나의 마음이 따뜻해지는 것처럼 우리 아이들의 마음속에도 따뜻하고 예쁜 책의 꽃이 피어났으면 좋겠습니다.

02

첫 통문자 노출

저희 집에는 동물 이름 카드들이 곳곳에 붙어 있어요.

첫째가 3살이던 어느 날, 동물들이 나오는 영어 그림책을 보는데, 그 책을 너무 아끼며 좋아하길래 이때다 싶어 동물들 그림에 메모지로 이름을 붙여 줘 보았어요. 그런데 어느 순간부터 아이가 통으로 외워 읽기 시작했어요. 비록 고양이, 강아지, 소, 닭, 병아리 총 다섯 단어뿐이었지만, 아이는 통문자로 한글을 받아들이고 있었어요.

아이들마다 각자 맞는 방식이 있다고 했는데, 저희 아이에게는 통문자가 맞는 것인가 하여 그날 이후 A4용지 한 장당 동물 하나씩 프린트하고 이름 카드를 만들어 붙였다 떼는 놀잇감을 만들어 주었어요. 그저 동물 그림과 이름만 프린트하여 그대로 코팅하면 되는 거라 그리 많은 수고가 필요하지 않았어요.

그렇게 약 30개 정도 단어를 통으로 익혔는데, 그 이후에는 참 허무하게도 아이가 더 이상 흥미를 보이지 않았어요. 그렇게 한글 떼기는 흐지부지 되어가고 있었습니다. 단어 카드로 낚시놀이를 하든, 소꿉놀이를 하든 뭔가 해보려 했지만, 아이가 동물 이름 카드를 붙였다 뗐다 하는 만큼 큰 관심을 보이지 않았어요.

그래서 동물 이름 카드를 가짓수만 늘려 집안 곳곳에 붙여 두기 시작했어요. 창문, 벽, 냉장고, 방문 등 붙일 수 있는 곳은 어디든지 모두 다 붙였던 것 같아요. 많이 보면 볼수록 익숙해질 것이고, 익숙해지면 다른 단어도 붙여 볼 생각이었어요. 그런데 아이가 가끔 동물 그림과 이름 카드를 붙였다 뗐다 하더니, 그 동물 그림들과 이야기를 하며 놀기 시작하는 모습을 보였어요.
"고양이야, 내가 밥 줄까?", "토끼야, 이거 먹어!" 이런 식으로요.

영유아기 시기에 오는 물활론적 사고가 딱 들어맞는 순간이었어요. 그렇게 몇 달을 붙여 놓고 놀다가 나중에는 그림을 다 없애고 이름 카드만 붙여 놓았어요. 아이는 그걸로도 참 재미있게 놀았습니다.

이사를 한 집에서도 동물 이름 카드는 여전히 붙어 있는 중이에요.

> "동물 친구들아, 빨간 립스틱 바르고 싶니? 내가 누구 칠해 줄까?"

아이가 갑자기 이렇게 이야기하는 때가 있으면 저는 바로 동물 흉내에 들어가요.

(고릴라 목소리를 내며) "나! 나! 고릴라!"

적고 보니 참 부끄럽고, 모르는 사람이 와서 보면 "뭐하는 거지?"라고 할 게 분명하지만, 아이는 정말 재미있어 합니다. 그리고 특히 자기가 겪은 일들(이가 빠졌던 일, 할머니 집에 다녀온 일, 생일 파티 한 일, 한 살 더 먹은 것)에 대해 말하는 것을 아주 즐거워해요.

그밖에 동물들 집 지어 주기, 스티커 붙여 주기, 화장해 주기,

동물에게 종이집을 지어주고,　　　　멸종 위기 꽃사슴에게 쓴 편지
머리핀을 달아주기

머리핀 달아주기 등 이름 카드를 가지고 다양하게 놀았어요. 없는 동물이 보이면 만들어 달라고 하기도 하는데, 한번은 멸종 위기 동물들에 대한 책을 보더니 거기에 나오는 꽃사슴, 눈표범, 대왕판다들도 만들어 달라고 이야기를 한 적이 있어요. 그래서 아이와 함께 만들어 붙여 보았습니다. 꽃사슴을 보고 따라 써서 붙이고는 꽃사슴에게 편지까지 써서 붙여 준 아이. 비록 지금은 쓸 줄 아는 게 자기 이름, 동생 이름, 엄마, 아빠뿐이라서 편지에 이렇게 적었지만, 내용만큼은 '멸종 위기인 꽃사슴아 힘내!' 라고 하는 기특한 아이.

아마도 이 동물 이름 카드들은 저희 집에 아주 오랫동안 붙어 있게 될 것 같아요. 그저 종이일 뿐이지만, 아이는 정말 살아있는 동물들처럼 대해 주기 때문입니다.

그렇게 아이의 통문자 노출은 6살이 된 지금도 현재진행형이에요. 느리지만 꾸준히 놀이로 진행 중이지요. 꼭 동물이 아니더라도 아이의 관심사에 따라 통문자로 노출해 주면 아이와 재미있는 놀이가 될 수도 있고, 한글 습득에도 많은 도움이 될 수가 있습니다.

03 한글 놀이는 타이밍!

한글 놀이를 시작해야겠다고 생각한 게 첫째 아이가 3살 때였어요.

누군가는 "그래, 3살에는 시작해야지." 혹은 누군가는 "3살? 너무 빠른 거 아냐?" 이렇게 생각할 수 있어요. 그런데 제가 3살에 시작했던 이유는 일단 아이가 책을 좋아했고, 글자를 손가락으로 가리키며 읽는 모습을 보여서였어요. 그리고 시작은 3살이지만, 그때부터 시작했기에 아이의 관심도를 파악하고 어떻게 한글 놀이를 진행해 가면 좋을지 고민할 수 있는 시간이 충분했기 때문이에요. 또 일찍 시작하니 오히려 조급함도 없어서 내 아이의 컨디션과 속도에 맞출 수가 있었습니다.

이 시기에는 좋아하는 동물을 주제로 통문자를 노출해 주어 기본적인 동물 단어는 시각적으로 인지가 되었는데, 다른 종류의 단어들로 확장을 시도할 때마다 진행이 잘되지 않았어요. 예를 들어 동물을 좋아하는 아이라서 동물(이름)에 먹이 주기, 동물(이름) 사냥하기 등으로 확장시켜 보려 했는데, 아이가 큰 관심을 보이지 않았기에 결국 거기서 멈추곤 했습니다. 그럴 때마다 드는 생각은 '내가 센스가 부족한가?, 내가 뭘 놓치고 있는 거지?' 였는데, 지금 와서 생각해 보니 아이 관심의 문제가 컸던 것 같아요. 그렇게 생각이 든 이유는 첫째가 5살이 되자 확장 활동이 활발히 이루어지고 있기 때문이에요. 첫째는 5살 말 무렵부터 부쩍 한글에 관심을 보이고 본격적으로 가속도가 붙기 시작했어요. 둘째도 언니와 함께 자동으로 한글 놀이를 시작했습니다.

그러던 어느 날 아이가 천으로 망토를 두르더니 소파에서 뛰어내리며 "나는 나비야~"라고 하는 거예요. 나비처럼 하늘을 나는 놀이를 하고 있었는데, 저는 이때를 놓칠세라 포스트잇에 '나비' 라고 적어 아이의 가슴에 붙여 주었지요. 아이는 엄마가 나비 이름표를 붙여 주니 자신이 진짜 나비가 된 것처럼 신이

난 모습이었어요. 덩달아 둘째와 저도 나비 이름표를 붙이고 함께 나비 놀이를 시작했습니다. 지금이 기회다 싶어 "나비는 꽃의 꿀을 좋아하지? 어, 그런데 꽃이 어디 있을까?" 하며 또 포스트잇에 열심히 꽃 이름을 적어 주었더니 여기저기 붙여 놓으며 "엄마, 이 꽃은 여기에 두자!" 하며 재미있어 하는 모습을 보였어요. 그리고는 다른 꽃들도 더 적어달라며 요구하기 시작했어요.

그렇게 우리는 셋이서 팔랑팔랑 나비가 되어 집안 곳곳을 날아다녔고, 아이가 붙여 놓은 꽃 이름들을 보며 꿀을 먹는 시늉도 하고 신나게 놀았습니다. 그리고 곳곳에 동물들의 이름 카드가 붙어 있는 곳으로 가더니 아이가 나비의 천적인 거미와 개구리 이름표를 가리키며 "적이 나타났다!" 하면서 도망가는 놀이도 시작하였어요. 자연스럽게 확장 놀이까지 이루어진 것이죠. 그렇게 아이들에게 나비의 여러 이름, 꽃의 이름, 다른 동물 이름들까지 노출시킬 수 있었어요. 별것 아닐 수 있지만, 아이들에게 한글을 노출하면서 덩달아 놀이도 되었으니 일석이조였던 셈이에요.

그렇게 확장 놀이를 시작하고 첫째 아이가 6살이 되었을 때는 한글에 더 가속도가 붙었어요. 한글을 더 알고 싶어 했고, 읽고 싶어 했습니다. 그러다 보니 받침이 없는 글자는 제법 읽게 되었고, 받침이 있는 글자는 통문자로 본 적이 있는 것은 기억을 하고 있었어요.

쓰기의 경우 아이가 워낙 끄적이기를 좋아했고, 자유롭게 즐겼기 때문에 일단 그냥 지켜보았어요. 그러던 어느 날 글자를 적어서 저에게 보여 준 적이 있어요.

"마법아 솟아나라!" 하며 건내 준 종이에는 이렇게 적혀 있었답니다.

아이들이 6살, 4살일 때 강아지를 키우게 되었는데, 강아지의 이름이 '봄'이었어요. 봄이를 데리고 온 날 첫째 아이가 봄이에게 이런 멋진 편지도 써주었습니다.

'마법아 솟아나라' 글자

강아지 '봄'이를 데려온 날 쓴 편지

이 편지들을 보면 비록 맞춤법은 온데간데없고 소리가 나는 대로 적은 것이지만, 그동안 끄적이기를 했던 것이 이렇게 자연스럽게 쓰기로 나타나는구나 싶었어요.

그리고 아이는 주차장에 있는 자동차 번호판 읽기를 좋아했는데, 번호판에 쓰여 있는 한글은 읽기도 쉽고 매일 지나가는 곳이니 반복하기에도 참 좋았어요. 그 외에 아이들이 먹은 과자 봉지나 상자에 쓰여 있는 글자를 오려 과자 도감 만들기, 아이가 좋아하는 캐릭터 이름을 써서 붙이기, DVD를 보고 싶어 할 때는 TV장에 아이가 좋아하는 DVD 이름표를 붙여 놓아 클릭하는 놀이, 병원 놀이를 할 때는 병원 이름, 역할 이름을 적어 놀이를 하는 등 다양하게 활용하며 놀이로 진행을 했어요.

한글 놀이를 하며 항상 느끼는 건 '순간을 잘 포착하고 타이밍을 잡는 것이 중요하다,'였어요. 아이의 놀이를 관찰하다 보면 생각보다 그런 순간들이 많음을 알 수 있어요. 위의 방법들 말고도 낚시 놀이를 할 때는 물고기들에 이름표 붙여 주기, 식당 놀이를 할 때는 메뉴판 적고 음식에 이름표 붙여 주기 등 아이들의 놀이 속에서 재미있게 진행을 할 수 있습니다.

동생이 있는 경우 좋은 건 둘째가 첫째와 같이 놀이를 하면서 한글에 더 빨리 노출이 될 수 있다는 점이에요. 첫째에게 한글 놀이를 시작했던 이유를 둘째에게도 적용해 본다면 한글 놀이를 시작하기에 충분했어요. 첫째 아이의 경우 시작은 3살이었지만, 가속도가 붙은 건 5살이었어요. '이렇게 하면 한글을 빨리 뗄 수 있다.'고 말할 수는 없지만, 충분한 시간을 갖고 아이를 관찰하다 보면 놀이 속에서 재미있게 한글이 노출되고 아이도 즐거워하는 모습을 볼 수 있었습니다. 그래서 무조건 이게 맞다는 아니더라도 추천할 만한 방법이 될 수 있을 거라고 생각해요.

육아는 타이밍! 결국 한글 노출도 타이밍입니다.

04

휴, That was close!

책육아를 하면서 영어도 한글과 다를 바 없이 책육아로 진행 중이에요.

이 책에 영어 이야기를 넣는 것이 맞을지에 대해 고민을 꽤 많이 했어요, 아직 아이들이 어리고 명확한 결과가 나타난 것도 아니기 때문이에요. 하지만 책육아를 하는 엄마가 영어도 이렇게 진행하고 있다는 것을 공유하는 차원에서 간단히 적어 보기로 했습니다. 참고만 해주세요.

아이들에게 제일 많이 활용하는 3가지는 '영어 그림책 읽어 주기, DVD 시청하기, 흘려듣기' 입니다. 영어 그림책 읽어 주기와 영어 흘려듣기는 돌 이전부터 해주었고, 영어 DVD 영상 노출의 경우 첫째 아이는 3살부터, 둘째 아이는 2살부터 시작했어요. 사실 이때까지는 영어 노출이 중요하다는 사실은 육아서를 통해 알고는 있었지만, 흔히들 말하는 '엄마표 영어'에는 관심이 적을 때였어요. 그래서 사실 돌 전까지는 꾸준히 하지 못할 때도 있었습니다. 그러다 아이들이 각각 5살, 3살이 되었을 무렵 읽던 육아서에서 다시 엄마표 영어를 접하게 되면서 이번에는 제대로 실천해 봐야겠다는 생각이 들었고, 영어에 관련된 육아서를 4~5권 정도 구입을 해서 읽기 시작했어요. 그 중에서 나에게 잘 맞고 공감이 가는 책을 한 권 정하여 실천하기 시작했는데, 그 덕분에 위 3가지를 하루도 빠짐없이 실천하고 있는 중이에요.

특히 영어 DVD의 경우 다행히 영상 노출을 거의 영어로만 했기 때문에 두 아이 모두 크게 거부감 없이 잘 보고 좋아하는 편이에요. 그리고 아이들이 더 흥미를 느낄 수 있도록 관심사를 고려하여 좋아할 만한 DVD를 한두 달에 한 번 꼴로 들이고 있습니다. 다행히 아이들이 영상만 하루 종일 보고 싶어 하거나 중독되는 모습은 보이지 않고 있어요. 대부분 어느 정도 보고 나면 스스로 끄거나, 엄마나 아빠와 약속을 정하면 받아들이는 편이라 평소에는 보고 싶은 만큼 보여주고 있어요. (대신 2시간은 넘기지 않아요.)

엄마표 영어에서 가장 많이 하는 말은 '단기간에 아웃풋을 기대하지 말라.'였어요. 단기간에 아웃풋이 안 보인다고 포기하지 말라는 것인데, 제 아이들도 책에서 말한 대로 아웃풋이 참 느렸어요. 꾸준히 영어 DVD를 즐기는 게 과연 정말 도움이 될까 싶을 정도였습니다. 엄마인 저도 불안한 마음을 갖고 있었지요.

그러던 어느 날 첫째가 정수기에서 컵에 물을 따르다가 엎지를 뻔하자 갑자기 "휴, That was close!"라고 말하는 것을 들었어요. 이 표현은 아이들이 보는 DVD에서 정말 많이 나오는 표현이었는데, 첫째 아이는 그 표현을 반복적으로 접하면서 어떤 상황에서 쓰는 표현인지를 알게 되었고 자연스럽게 문장으로 뱉어낸 것이었어요.

참 별것 아닐 수 있는 단 한 문장이지만, 그때의 기쁨이란…. 그 한 문장만으로 저의 걱정은 한시름 놓을 수 있었어요. 느리지만 습득을 하고 있다는 생각이 들었기 때문이에요.

그 이후에도 혼자서 영어로 중얼중얼 하는 모습을 보였어요.
"I like ice cream!", "There are 쌀라쌀라~" 정확히 기억은
안 나지만, 중요한 건 확실히 일상 속에서 영어로 할 수 있는
표현들이 조금씩 늘어감이 보였어요. 대부분 DVD에서 본 대
사들이었습니다.

그런데 한번은 첫째 아이가 저에게 물었어요.
　"엄마, 우리는 왜 영어로만 봐?"
순간 허를 찔린 기분이었어요. 하지만 곧 정신을 차리고, 잘 말
해 주어야겠다는 생각이 들어 솔직하게 이렇게 이야기 해 주었
어요.
　"응, 세영아. 예전에 아빠가 영어를 잘하게 되면, 세영이가
　나중에 하고 싶은 일을 좀 더 선택할 수 있게 된다는 말 기
　억나? 사실 엄마도 그렇게 생각해. 세영이가 진짜 하고 싶
　은 일이 있는데, 영어를 잘 몰라서 못하게 된다면 세영이가
　많이 속상하지 않을까? 영어에 대한 생각 주머니가 커진다
　면 나중에 세영이가 하고 싶은 걸 선택할 수 있는 일이 훨

씬 많아질 거야.”

“진짜? 영어 생각 주머니가 커지면 내가 하고 싶은 일을 고를 수도 있어?”

“응, 엄마는 그게 도움이 될 거라고 생각해.”

이렇게 말을 해주니 아이가 고개를 끄덕이고 영어로 보는 것에 대해 더 이상 궁금해하지도, 이상하게 생각하지도 않았고 자연스럽게 받아들이는 모습이었어요.

아이들이 한국어 영상을 전혀 보지 않는 것은 아니에요. 유용한 다큐나 동식물에 관한 영상은 한국어로도 주말을 이용해 엄마나 아빠와 함께 시청을 하기도 합니다. 또는 차로 장거리 이동을 해야 할 때 보기도 하는데, 이때를 제외하고는 모두 영어 영상 노출이고, 다행히 아이들도 그때만 본다는 것을 규칙으로 알기 때문에 크게 문제가 되지는 않고 있어요.

이제 영어라는 언어가 얼마나 중요한지는 우리 모두가 알고 있습니다. 지금 현실을 바라보면 영어의 중요성과 필요성은 두말하면 입이 아플 정도이지요. 저 역시 우리 아이가 하고 싶은 일이 있고 더 잘 해내고 싶은데, 최소한 영어라는 것이 걸림돌이 되지 않았으면 해요.

제가 엄마표 영어를 하는 이유는 우리 아이들이 영어로 인해서 발목이 잡히는 일이 없기를, 더 큰 세상에서 자유롭게 많은 것을 경험할 수 있기를 바라서예요. 그러기 위해서는 영어를 즐길 줄 알아야 하고, 즐기기 위해서는 영어를 습득하는 과정이 즐거워야 한다고 생각했어요.

아이가 세상에서 가장 사랑하는 엄마와 영어를 재미있게 한다는 건 아이에게도 얼마나 좋은 일일까요? 엄마와 함께 집에서 자유롭게 영어를 즐기는 과정, 하루에 단 10분 만이라도 아이에게 영어 그림책을 매일 읽어 준다면 1년에 365권의 책을 읽어 주는 셈이 되지요. 이 과정이 영어 영상 시청과 흘려듣기와 함께 지속된다면 더할 나위 없이 좋을 것이라 조심스럽게 생각해 봅니다.

아웃풋이 확 보이지는 않지만, 저는 이 엄마표 영어를 계속 진행할 예정이에요. 무엇보다 아이들이 거부감 없이 즐기는 모습을 보이기 때문이에요. 영어에 대한 마음이 열리고 즐길 줄 아

영어책 읽기를 거부감 없이 즐기는 아이

는 사람이 되었으면 좋겠고, 그래서 요즘에는 아이와 함께 엄마인 저도 영어놀이에 참여하는 중입니다. 하루 한 문장씩 일상회화를 외우고, 아이에게 대화로 건네기에 도전 중이에요.

오늘의 문장

'My happiest moments are when I am with you!'
'엄마는 너와 함께 있는 순간이 가장 행복해!'

아이들에게 이 말을 건네며 오늘 하루를 시작해 봅니다.

05 / 가자! 자연 속으로

아이들과 손을 잡고 거리를 걷다 보면, 아이들이 엄마에게 이야기를 건넬 때가 있지요. 그런데 아이들이 어리다 보니, 키가 작아 주변 소리에 묻히면서 아이들의 말소리가 잘 안 들릴 때가 참 많아요. 그래서 급할 때가 아니고서는 몸을 낮춰 아이의 이야기를 들어주는데, 그렇게 몸을 낮춰 아이의 시선에서 바라보면 주변이 참 복잡해 보일 때가 많다는 것을 느껴요. 건물도 높고, 지나가는 자동차도 내 키보다 크고, 엄마의 말소리는 들리지 않는 등, '내가 아이의 입장이라면 밖에 나와서 걷는 게 참 혼란스럽겠구나' 싶을 때가 많았어요.

그래서 되도록 좁고 사람이 많은 실내 활동은 거의 하지 않는 편이에요. 특히 백화점 같은 곳은 넓지만 사람들이 워낙 많고, 어른들이 걸어 다니기에도 복잡한 곳이기 때문에 아이들을 잘 데려가지 않고 있어요. 결혼 전에는 백화점 아이 쇼핑도 즐기고 좋아했는데, 아이를 낳고 나서는 백화점도 정말 필요한 볼 일이 있을 때 빼고는 잘 가지 않았던 것 같아요.

아이들과는 주로 탁 트인 곳으로 야외활동을 많이 다니고 있어요. 호수가 있는 공원이나 바닷가, 모래가 있는 곳으로 자주 놀이를 가는데, 아이들은 이곳들을 참 좋아합니다. 특히 모래는 요즘 놀이터에서 자주 볼 수가 없기 때문인지 아이들이 더욱 좋아해요. 제가 어렸을 때는 놀이터에 모래가 늘 있었는데, 요즘에는 안전이나 환경상의 문제로 모래는 잘 두지 않는 것 같아요. 그런데 저는 모래놀이가 아이들에게 정말 좋은 놀이라고 생각해요. 모래를 퍼내고, 휘젓고, 들어 올리는 등의 신체활동이 가능하고, 모래로 무언가를 만드는 과정은 창의력 발달에도 좋지요. 그리고 모래를 만지고 놀면서 정서적으로도 안정이 된다고 합니다. 또한 모래가 물과 만나면 물리적, 수학적 지식을 배울 수도 있고요. 이렇게 장점이 많은 모래놀이를 아이들이 좋아하기까지 하니, 모래가 있는 장소는 저희 가족에게 즐거운 주말 놀이 공간이 되고 있어요.

사실 처음에는 아이들이 모래를 만질 때 위생적으로 안 좋을 것 같고, 옷에 묻는 게 걱정이 되기도 했어요. 그런데 걱정하면 할수록 놀이를 제한하게 되었어요. 마음껏 놀게 할 수도 없고, 이럴 바엔 안 오는 것만 못하겠다 싶어서 '에라 모르겠다' 하는 심정으로 저와 남편도 아이들과 함께 모래놀이를 즐기기 시작 했어요. 어릴 적 경험을 되살려 두꺼비집도 만들어 보고, 산도 쌓아보고, 물길도 만들어 보는 등 아이들과 신나게 모래놀이를 합니다. 엄마와 아빠가 신이 나서 놀이에 참여하니 아이들은 더 신나는 모습을 보여요. 30분은 기본이고, 1시간도 넘게 몰입하며 모래놀이를 하는 모습을 보면 저도 덩달아 기분이 좋아 집니다.

바닷가에 가서도 모래놀이는 꼭 빠지지 않는 놀이에요. 바닷가 에서는 고운 모래, 자갈, 돌 등을 만져보면서 고운 모래가 되는 과정도 배울 수 있는 기회가 되어 주지요. 그리고 바닷가에 가면 항상 텐트를 치는데, 거기에서 준비해 온 맛있는 간식도 먹고, 바다로 가서 발을 담가 파도를 느껴보는 등 아이들과 자연을 마음껏 즐기며 시간을 보내곤 해요. 둘째 아이는 아직 파도를 무서워해서 아빠 품에 안겨 바라볼 뿐이지만, 언젠가는 둘째도 언니와 함께 파도를 즐기게 되겠지요.

매번 느끼는 것이지만, 아이들과 함께 즐기는 자연은 참 아름다운 것 같아요. 자연 속에서 마음껏 뛰어노는 아이들을 바라보면 제 마음도 편안해지고 미소가 지어지는 저를 발견하게 됩니다. 화려한 놀이기구도, 멋진 놀잇감도 없지만, 아이들은 바다와 모래를 놀잇감으로 삼아 자기들만의 재미있는 놀이를 만들어 내곤 해요. 그런 아이들을 바라보면 자연 속에서 재미를 찾아가는 법을 배우고 그것이 곧 행복이라는 것도 깨닫게 됩니다.

지금도 아이들은 길을 걷다가 작은 꽃 한 송이에도 감탄을 하고 아름다움을 느끼는 모습을 보여요. 그냥 지나쳤으면 몰랐을 것들을 아이들 덕분에 저도 하나하나 느끼게 되고 사진으로 남기게 되는 것 같아요. 이런 순간들이 모여 아이들이 자연을 벗 삼아 아름답고 멋지게 자라나길 바라봅니다.

바닷가를 자유롭게 누비며

파도가 무서운 둘째는 아빠 품에 안겨있고, 첫째와 함께 바다에 발을 담가본다.

모래 놀이를 놀이하는 아이들

가을에 낙엽을 뿌리며 자연을 즐긴다.

06

우리 모두 살림왕

저는 사실 부끄럽지만 요즘 말로 '곰손'이에요. 요리도 잘 못하고 손재주도 없는 편이지요.

하지만 그런 제가 아이들과 지내면서 '살림왕'이 되어가고 있답니다.

어렸을 적에 저희 친정엄마께서는 어차피 크면 나중에 질리도록 하게 될 테니 미리부터 하지 말라며 집안일을 시키지 않으셨어요. 처음에는 저도 그게 편했지만 막상 어른이 되어, 특히 결혼하고 살림을 하려고 보니 하나하나 어설프지 않을 수가 없었어요. 하면서 배우는 것이라지만, 내가 봐도 살림을 너무 못하니 지난날에 대한 후회가 밀려왔습니다. 그래서 저는 생각했어요. '그래, 내가 아이를 낳으면 딸이든, 아들이든 살림은 같이하며 가르쳐야겠다!' 라고요.

아이와 함께 하는 집안일에도 나름 장점이 있어요. 엄마와 아빠를 도와 살림을 해봄으로써 가족 구성원의 일원으로 책임감을 가질 수 있고, 성취감도 느낄 수가 있지요. 그리고 여러 번 연습해 보면서 덤으로 살림도 잘하게 되는 좋은 점들이 있으니, 살림은 아이도 함께하는 것이 좋다고 생각해요.

아이들은 엄마나 아빠가 하는 살림을 보고 꼭 따라 하고 싶어 합니다. 특히 쌀 씻기, 설거지 하기, 빨래 개기는 저희 아이들이 가장 좋아하는 놀이에요. 집에 식기세척기가 있지만 한동안 아이들은 자신이 먹은 그릇과 수저, 젓가락을 직접 설거지하던 때가 있었어요. 아이들이 원해서

쌀 씻는 아이

한 것이었지요. 쌀 씻기도 버리는 쌀이 반절이었지만, 싱크대 구멍을 덮개로 막아두고 해볼 수 있게 하였어요. 쌀을 만지며 물로 씻어보는 것을 놀이라고 생각하며 정말 좋아했습니다. 지금도 아이들은 제가 쌀통만 열어도 쌀 씻을 때라는 것을 알고는 다다닥 달려옵니다.

빨래 개기도 처음에는 무척이나 어색했어요. 너무나 엉망이라 제가 다시 개야 했지만, 아이가 으쓱해서 더 잘할 수 있게 하기 위해 개어 놓은 것에 무한 칭찬을 해주며 아이가 안 볼 때 몰래 다시 개어 넣어두곤 했습니다. '이렇게 개 놓은 거면 뭐 어때!' 하며 그대로 넣을 때도 있긴 하답니다. 신기한 것은 빨래 개기를 하면 할수록 아이들의 실력이 점점 느는 게 보인다는 것이었어요. 수건같이 반듯한 물건뿐만 아니라 아이들에게는 어려운 티셔츠 개기도 제법 그럴듯하게 개어 놓는 모습을 보고 뿌듯하기도 하였지요.

이제는 요리를 할 때도 아이들과 함께할 때가 많아요. 비록 나 혼자서 하면 편하고 빨리 할 것을, 엄마 입장에서는 영 귀찮은 일이지만, 아이들 입장에서는 너무나 재미있어 하지요. 양념을

양념통에 적힌 이름을 보며 함께 요리하기

애호박을 썰어도 보고

만들 때는 각각 양념통에 적힌 글자를 읽어가며 넣으니, 저절로 한글 공부도 되고 일석이조의 효과를 보았던 놀이였어요. 호박 썰기도 애호박 같은 경우 쉽게 썰어지기 때문에 반달 모양으로 자르는 정도는 엄마의 보호 안에서 해볼 수 있게 해주었어요. 그 이후로 저희 집에서 호박 썰기 담당은 한동안 아이들이 되었습니다. 제가 애호박을 꺼내는 순간을 어떻게 알고는 놀다가도 달려와 서로 하겠다며 이야기를 할 정도였어요.

아이들에게 칼을 사용해 보게 하는 것이 많이 위험할 수 있지

밥그릇을 설거지도 깨끗히

만, 부모의 보호 안에서 해보는 경험은 도움이 될 것이라고 생각해요. 뭐든 해봐야 잘하게 되듯이 이런 크고 작은 경험들이 쌓이고 쌓여 아이의 성취감을 높여주고, 덤으로 살림도 잘하게 되는 일석이조의 효과를 볼 수가 있어요. 특히 집안일은 소근육을 쓰는 일이 많기 때문에 소근육 발달에도 많은 도움을 줍니다. 실제로 하버드 의대 연구 중 '집안일을 잘하는 아이가 성공한다' 는 연구 결과도 있다고 해요.

코로나19의 영향으로 집에 있는 시간이 늘어나는 동안에는 집안일 놀이가 더 많이 이루어졌어요. 위기를 기회로 삼아 하루하루의 긴 시간을 아이들과 살림을 하며 보냈고, 지금 아이들은 쌀 씻기, 자기가 먹은 밥그릇 설거지하기, 자기 옷 빨래 개기 정도는 거뜬히 해낼 수 있을 정도로 살림 솜씨가 늘었어요. 더불어 엄마인 저도 아이들에게 게으른 모습을 보이지 않기 위해 살림을 더 열심히 하게 되는 효과까지 생겼습니다. 비록 엄마의 일거리가 늘어나는 단점은 있지만, 아이들에게 장점이 더 많기 때문에 앞으로도 '온 가족이 함께하는 살림'을 꾸준히 해 나가려 해요.

"애들아, 우리 오늘도 즐겁게 집안일 하자~!"

07 / 빗속에서 한바탕

아이들은 비 오는 날을 참 좋아해요. 다른 아이들도 그렇겠지만, 비 오는 날은 예쁜 우산도 쓰고 장화도 신으니까 더 신나 하는 것이겠지요. 그리고 아이들이 좋아하는 DVD의 '페파 피그'에 나오는 주인공이 항상 진흙탕에서 점프하는 놀이를 하는데, 그걸 보고는 비가 오는 날이면 페파 피그의 주인공처럼 장화를 신고 폴짝폴짝 뛰며 너무나 즐거워한답니다.

사실 물웅덩이에서 폴짝폴짝하다 보면 신발이건 옷이건 빗물투성이가 되는 것은 순식간이지요. 그런데 못하게 해봤자 소용도 없을뿐더러 아이들 입장에서는 그게 얼마나 재미있을지 알기 때문에 하고 싶어 하면 하도록 내버려 두는 편이에요. 대신

물웅덩이에서 놀다 보면 신발과 옷은 젖을 수 있다는 사실은 꼭 미리 알려줍니다. 그래도 좋다고 하면 신나게 뛰어노는 거예요.

어느 비가 주룩주룩 쏟아지는 날, 가족이 모두 집에 있는 휴일이었어요. 집에서 놀잇감을 갖고 실내 놀이를 하고 있었는데, 아이들은 금세 답답해하고 나가고 싶어 했어요. 그러자 아이들의 아빠가 제안을 했어요. "우리 다 같이 비옷 입고 나가서 놀다 올까?" 아이들은 박수를 치며 "응! 응! 나가자~ 오예~!"를 외치고 신나 했지요.

엄마, 아빠, 아이들 모두 비옷을 챙겨 입고, 아이들은 장화까지 신고 우산을 들고 나갔습니다. 나가보니 비가 정말 많이 쏟아지고 있었어요. 그래서 그런지 사람도 많이 없었지요. 처음에는 우산을 든 채 물웅덩이를 걷고 소극적으로 살짝 뛰며 놀다가, 어느 순간부터는 비옷에 달린 모자만 쓰고 우산은 엄마에게 맡겨 둔 채 신나게 마음껏 뛰어노는 아이들이었어요. 우산을 쓰고 지나가던 아파트 이웃들은 그 모습을 보고는 미소를 한 번씩 지으며 지나가기도 했답니다.

아이의 아빠도 '에라 모르겠다' 하는 심정으로 우산을 접고는 아이들과 함께 비옷만 입고 뛰어놀았어요. 아파트 안을 돌아다니며 한 시간 동안이나 물웅덩이란 물웅덩이는 다 찾으면서 뛰어놀고 정말 신나게 시간을 보냈던 것 같아요. 특별한 놀잇감이 있는 것은 아니었지만, 말 그대로 자연 속에서 한바탕 신나게 놀았습니다. 한 시간이 넘어가자 점점 몸이 추워져서 아이들에게 들어가자고 하니 아쉬워했지만, 다음 비 오는 날을 기약하고 터벅터벅 집에 돌아와 깨끗이 씻고 낮잠을 푹 잔 날이었어요.

생각해 보면 저도 어렸을 때는 비 오는 날을 좋아했던 것 같아요. 물웅덩이만 봐도 발을 담가보고 싶고, 뛰어도 보고 싶었지요. 그래서 얼마나 재미있을지 알기 때문에 제 아이들이 물웅덩이에서 뛸 때마다 크게 제지하지 않았어요. 아이들이 원하는 것을 작은 규칙 안에서 즐겨보는 경험은 아이들에게도 부모에게도 의미 있는 시간을 만들어 줄 것이라고 생각해요. 화려하거나 특별하지 않더라도 아이들에게 충분히 즐거움을 줄 수 있는 이런 경험들은 저와 남편에게도 즐거운 시간으로 남게 되었습니다. 그리고 시간이 흐르고 나면 빗속에서 함께 뛰어놀았던

물웅덩이에서 뛰어다니는 아이들

기억도 우리의 하나의 소중한 추억이 되겠지요.

별것 아닐 수 있지만, 아이들과 이런 소소한 추억을 하나씩 쌓을 때마다 마음속에 보물이 차곡차곡 쌓여가는 기분이에요. 먼 훗날 돌이켜보면 이때를 그리워할 수도 있겠지요.

그렇기에 지금 내 아이들과 함께하는 이 순간들은 너무나 소중하고 감사한 마음이에요. 그리고 제 인생에서 가족과 함께할 수 있다는 것은 무엇과도 바꿀 수 없는 행복이고 축복입니다. 이 행복과 축복을 오래도록 간직하며 살아가고 싶습니다.

모든 엄마들이 육아의 삶 속에서
'나'를 잃지 않고 살아갔으면 좋겠어요.

Chapter

엄마도
꿈이 있어

나의 꿈이 실현되기까지

01 / 자발적 경단녀 되기

　　결혼하기 전 저는 유아교육을 전공하고 유치원 교사로 아주 평범하게 생활했어요. 담임으로 교사 생활을 하다가 체력적으로 힘듦을 느껴 유치원 행정 일을 하기도 하였습니다. 행정 일을 맡아오던 중 결혼을 했고, 두 달 후 임신을 하게 되었어요. 신혼이라 할 것도 없이 거의 바로 임신을 했고, 그렇게 저는 차근차근 엄마가 될 준비를 시작했어요.

일을 바로 그만둘 생각은 없었지만 입덧이 너무 심했고 직장에서도 일에 집중할 수 없는 날들이 계속되었어요. 당시 일했던 유치원의 원장님께서 감사하게도 배려를 많이 해주셔서 조금씩 쉬며 일을 할 수는 있었지만, 그런 시간이 지속되면서 원에도 죄송하고 배 속의 아이를 위한 일도 아니라는 생각이 들었습니다. 그래서 결국 다니던 유치원에 말씀을 드리고 직장을 그만두었어요. 그게 저의 마지막 직장이었습니다.

그날 이후 저는 '경단녀'의 길에 들어서게 되었어요.
출산을 한 후 행복하지만 아이와 고군분투하는 날들이 시작되었지요. 그러다 둘째를 임신하고 또 출산을 하고, 육아를 하고… 그렇게 1년, 2년, 3년 – 6년이 된 지금도 저는 여전히 육아 중입니다. 가끔씩 '다시 일을 해볼까?' 하는 생각도 들었지만, 무엇보다 아이들이 너무 어렸고, 사실 아이 둘을 데리고 워킹 맘으로 지내기가 자신이 없었어요. 그래서 저는 아이들에게 더욱 집중해서 최선을 다하기로 마음먹고 결국 전업 맘을 선택하였습니다. '자발적' 경단녀가 된 것이지요.

제가 육아를 선택한 것에 대해 후회는 하지 않아요. 직장을 다니며 일을 함으로써 얻을 수 있는 성취감과 보상은 없을지 몰라도 아이들과 함께하는 이 시간은 단 1분도 헛되지 않는 소중한 순간들임을 압니다. 육아를 하다 보면 가끔은 하루하루가 똑같고 무의미하게 다가오기도 하지만, 다시 생각해 보면 아이들은 매일 자라고 있고, 그 순간들을 곁에서 바라본다는 것은 너무나 기쁜 일이니까요.

아이와 함께하면서 육아가 단지 '아이를 키우는 일'이 아님을 알게 되었어요.
육아는 분명 아이를 키우는 것이지만, 엄마 자신도 키우는 일이라는 것을 절실히 느끼고 있어요. 사실 저에겐 '내가 나 자신을 돌보고 기른다는 것'은 생각해 보지 못한 일이었어요. 경황이 없다는 핑계로 나 자신은 뒷전이고 항상 다른 사람들의 시선에 신경 쓰기 바빴습니다. 하지만 아이를 키우면서 내 아이를 통해 저의 내면을 들여다보게 되었고, 돌보는 방법을 배우고 있어요. 나 혼자서도 하지 못했던 것을 내 아이 덕분에 해내고 있는 거예요.

직장의 커리어는 끊겼을지 몰라도 나 자신과 아이를 돌보는 엄마의 커리어는 날로 성장하고 있음을 느낍니다. 비록 서류상으로는 존재하지 않지만, 저의 내면에 값진 경험들이 차곡차곡 쌓여가는 중이지요.

아이가 기관에 가 있는 시간 동안에는 꼭 나를 위한 시간을 갖고 있어요. 저는 비는 시간에 주로 독서와 글쓰기를 합니다. 책을 읽고 매일 글을 씀으로써 나 자신을 돌보는 시간을 갖는 거예요. 전업 맘으로써 아이에게만 올인하는 것보다 엄마가 엄마 자신을 위한 일을 해내는 모습을 보여주는 것도 아이들에게 긍정적인 영향을 미칠 것이라고 생각해요.

저는 비록 직장 경력은 단절이 되었지만, 아이들을 통해 더 값진 것을 얻고 있어요. 감사를 알게 하고 행복을 느낄 수 있게 해준 아이들에게 너무나 고마워요.

그리고
하루하루가 '감사' 입니다.

02 /

엄마 책 읽는다

'학교 다닐 때 교과서도 싫어하던 내가 서른 중반이 되어 책을 읽고 있다니!'

책을 집어 들 때마다 이런 생각이 들곤 합니다. 저는 정말 책을 좋아하지 않았어요. 무엇보다 읽어야 할 필요성을 느끼지 못했던 것 같아요. 그런데 제가 필요하니 책을 찾게 되더라고요. 이 힘듦을 어찌해야 할지 몰라 집어 든 책 한 권이 저를 이렇게 살렸어요. 그때 제가 책을 집어 들지 않았더라면, 책장을 휘리릭 넘겨보지 않았더라면, 한 문장이라도 읽어보지 않았더라면 저는 지금쯤 어떤 삶을 살고 있을지 모르겠어요.

처음에는 그저 한 문장 한 문장이 저를 위로해 주는 것 같았어요. 그래서 좋았나 봐요. 내가 들어보지 못했던 말, 느껴보지 못했던 벅찬 감동을 느낄 수 있었어요. 그렇게 1, 2년 정도 독서를 한 것 같아요. 아이들 틈에서 아무리 바빠도 틈틈이, 자기 전에도 틈틈이 조금씩 야금야금 그렇게 책과 친해져 갔어요. 그런데 어느 순간부터 책이 단순히 나를 위로해 주는 존재라기보다는 멘토 같은 느낌이 들었어요. 책은 그 분야의 전문가나 오랜 경험을 쌓은 사람들이 쓰는 경우가 많잖아요. 저자 자신이 느낀 것을 이야기로 들려주고, 조언도 해주고, 나에게 물음도 던져주는 그 활자들이 저를 성장시키는 것 같았어요. '아, 멘토가 꼭 사람이 아닐 수도 있구나. 나에게도 멘토가 생겼네. 바로 책!'

그때부터 책을 단순히 읽는 존재로 보지 않고, 나에게 도움이 되는 글자 하나하나를 마음속에 새기고자 메모하기 시작했습니다. 책을 읽다가도 밑줄, 내 생각들을 메모, 꼭 기억하고 싶은 문장은 필사, 좀 더 심도 있는 독서를 하기 시작했어요. 그래서 저는 사실 책을 도서관에서 대여하기보다는 구매를 하는 편이에요. 그 책을 내 것으로 만들기 위해 줄을 긋고, 메모하고, 생각날 때마다 꺼내 보기 위해서는 구매를 해야 했어요. 그 결과 저희 집은 아이들의 책도 많고 제 책도 너무 많아 도서관을 방불케 하는 모습이 되었지만, 책을 구매한 것에 대해서는 절대 후회하지 않아요. 책은 저에게 큰 자산이고, 언제든지 꺼내어 이야기를 들을 수 있는 저만의 멘토이니까요.

엄마 책장의 일부

영국의 소설가 겸 극작가인 윌리엄 서머셋 모옴은 이렇게 말합니다.

'내가 책을 읽을 때 눈으로만 읽는 것 같지만

가끔씩 나에게 의미가 있는 대목,

어쩌면 한 구절만이라도 우연히 발견하면

책은 나의 일부가 된다.'

– 윌리엄 서머셋 모옴

책의 이러한 가치를 제 아이들도 알았으면 좋겠다고 항상 생각해요.

저에게는 좀 특이한 버릇이 있습니다. 책을 집어 들면 항상 책 냄새를 맡곤 하는데, 어느 날 첫째 아이가 그걸 따라 하더라고요. "음~ 책 냄새 좋아~" 하면서요. 그걸 본 둘째 아이 역시 따라 합니다. "음~ 땍(책) 냄새 좋아~" 하고요.

그 모습이 어찌나 웃기던지요. 그런데 싫지만은 않았어요. '그래, 너희들도 책 냄새 좋지? 책은 냄새도 좋지만 그 안에 내용은 더 좋아.' 라고 속으로 생각했지요.

아이들의 그림책 중에 존 버닝햄, 에즈라 잭 키츠, 앤서니 브라운 등 유명한 작가들의 작품은 성인이 보아도 큰 감동으로 밀려 올 때가 많아요. 그리고 가치 있는 이야기를 담은 내용도 많지요. 이런 작품들을 내 아이들에게 읽어 줄 때마다 아이들의 마음속에 따뜻한 정서가 피어나는 기쁨을 느낍니다.

앞으로도 제가 책을 통해 느낀 벅찬 감동, 따뜻한 위로, 의미 있는 가치들을 엄마의 목소리로 아이들에게도 꾸준히 전해 주려 해요.

"애들아, 엄마 책 읽는다~
너희들도 함께하지 않을래?"

03 엄마 글 쓴다

"엄마는 꿈이 뭐야?"

어느 날 아이가 저에게 물었어요. 갑자기 들어온 질문이라 잠시 머뭇거리다 "응, 엄마는 작가가 되는 게 꿈이야. 원래는 선생님이었지만 지금은 세영이, 세은이의 엄마가 되고 나서 글을 쓰고 싶어졌어."라고 대답했습니다.

맞아요. 언제부터인가 글을 쓰고 싶은 마음이 생겼어요. 글을 쓴다는 건 엄두도 못내던 일이었고 나와 상관없는 이야기 같았는데, 책을 읽다 보니 "나도 한번 끄적여 볼까?"하는 생각이 드는 거예요.

'내가 글을 쓰는 이유'

그동안 겪었던 일들, 느꼈던 감정들, 앞으로의 방향들을 적다 보면 내 삶도 정리가 될 수 있지 않을까 하는 생각에서 시작되었어요. 그리고 조심스럽게 바라는 점이 있다면, 이런 제 이야기가 누군가에게 위로와 도움이 된다면 더할 나위 없이 기쁠 것 같았습니다. 그래서 이제는 나 자신을 위해, 그리고 타인을 위해 글을 쓰는 것이 일상이 되어가고 있어요.

모두가 다른 것처럼 저의 이야기가 모든 사람들에게 공감을 받을 수는 없겠지만, 단 한 명에게라도 위로가 된다면 글을 쓰는 사람에게 그것처럼 기쁜 일이 또 있을까요? 나의 가장 소중한 사람에게 이야기를 들려주듯이 글을 쓰다 보면 누군가에게는 마음이 전해질 것이라 믿어요.

이제는 글을 쓰는 것이 저의 꿈과 연결이 되어가고 있어요. 특별하지도 않고 지극히 평범한 육아 맘의 이야기이지만, 저와 아이들 그리고 남편과의 소소한 이야기를 조금씩 풀어 가 보려 해요.

제일 먼저 한 일은 온라인 글쓰기 모임이었어요. 지역 맘카페에서 글쓰기 모임을 모집하는 글을 읽고 무작정 신청을 해서 그렇게 시작을 했어요. 그리고 그 다음은 블로그였습니다. 그런데 블로그에 글을 쓰고는 있지만, 가까운 사람들에게 제 글을 보여준다는 건 너무나 부끄러운 일이었어요. 하물며 남편에게도 비밀이었으니까요. 그런데 제가 자꾸 무언가를 쓰고 즐거워하니 남편이 궁금해했어요. 그래서 블로그를 시작한 지 세 달 만에 남편에게 제 글을 공유했습니다. '에라 모르겠다' 하는 마음으로 공유하고, 이왕 보여준 거 피드백이라도 받아야겠다 싶어서 그날부터 남편은 저의 피드백 제공자가 되었어요.

그러자 남편이 하는 말.
"잘 썼네~ 그런데 소재가 곧 고갈되는 거 아냐?"
제가 글 쓰는 게 좋다고 하니 "좋으면 됐지 뭐!"하면서도 이런 힘 빠지는 걱정을 해주는 남편이에요. 하지만 전 굴하지 않고 "응, 나 아직 쓸 거 많아."라며, 이 한마디로 결론을 내고 오늘도 노트북을 두드립니다.
육아만 하는 일명 '전업 맘'이지만, 시간이 나는 대로 틈틈이 글을 쓰면서 제 마음이 정리되고 깨끗해져 감을 느껴요. 이건 책을 읽을 때와 비슷한 느낌인 것 같아요. 그리고 제 기록들을 모아가는 재미도 있어요.

육아 맘이라고 해서, 아니 전업 맘이라고 해서 육아만 해야 하는 건 아니잖아요. 나를 위해서도 무언가를 꿈꾸고 해나갈 필요가 있다고 생각해요. 전업 맘도 아이들과 함께 꿈꾸며 살아가는 삶. 그게 무엇이 되었든 모두가 꿈을 갖고 살아갔으면 좋겠어요.

당신의 꿈은 무엇인가요?

04 / 새벽 기상의 기적

학교 다닐 때 저는 부지런한 편이었어요. 누가 아침에 깨우지 않아도 혼자 알람을 듣고 일어나 일찍 학교에 가곤 했어요. 사실 잠귀가 밝은 편이라 깊은 잠을 자지 못해 잘 깨기도 했고, 무언가 할 일이 있으면 일찍 움직이는 편이라 더 그랬던 것 같아요.

취업을 위한 공부를 할 때도 공부 시간을 더 확보하고 싶어서 새벽 시간을 활용했어요. 그런데 사실 일찍 일어나도 완전히 깨어있지 못했던 것 같아요. 계획했으니 일어나긴 하는데, 잠이 덜 깨서 집중을 하지도 못하고 미련하게 시간을 보냈던 적이 있어요. 차라리 잠이라도 푹 자고 집중력 있게 공부할 걸,

하는 후회를 하기도 합니다.

그런데요, 지금 와서 보니 '그 공부가 과연 내가 정말 원하는 일이었을까?' 하는 생각이 들어요.

요즘 저는 온라인 사람들과 함께 새벽 기상을 하면서 하루를 시작합니다.

처음에는 '내가 이걸 해낼 수 있을까?' 싶었어요. 새벽 5시라니, 아무리 해가 일찍 뜨는 여름이라도 5시는 캄캄하기 때문에 너무 이르게 느껴졌어요. 그리고 오히려 이 시간에 잠을 못 자고 육아를 하느라 그날 하루를 망치는 건 아닌지 걱정이 되었어요. 하지만 꼭 한번 해보고 싶었습니다. 새벽 기상이 뭐길래 사람들이 이토록 이 시간을 활용하고 움직이는 걸까 하는 생각이 들었거든요.

새벽 기상을 시작한 지 일주일 정도 됐을 때는 생활의 패턴이 갑자기 바뀌니 피곤하고 두통이 생기기도 했어요. 하지만 이게 1주, 2주가 넘어가면서부터는 나의 루틴이 되고, 이렇게 하루를 시작하지 않으면 무언가 찝찝한 느낌이 들었어요. 그리고 중요한 건, 새벽 기상을 하면 할수록 이 모든 것들이 하나도 피곤하게 느껴지지 않고 오히려 제 삶에 활기를 불어 넣어주고 있다는 느낌이었어요.

이 새벽 기상은 제가 원해서 하고 있는 일이에요. 원해서 하니 이런 삶에 집중을 하게 되고, 의미 있는 시간을 보내게 되었습니다. 물론 아이들이 기관에 가 있는 시간 동안은 내 시간을 확보할 수 있지만, 그 시간에는 눈에 보이는 집안일을 하게 되고 온전히 나를 위한 시간을 보내는 것이 잘되지 않았어요. 그런데 새벽에는요, 모두 자고 있고 조용한 시간이기 때문에 집안일을 복작복작할 수도 없어서 오히려 나의 시간을 갖기에 더 좋다는 걸 알았어요.

이제는 자기 전에 누우면 이 새벽 시간이 가장 기다려집니다. 자다가 잠시 깨서 시계를 보면 '어? 아직도 5시가 안됐잖아?' 하며 그 시간을 너무나 기다리게 되었어요.
물론 아이들이 너무 일찍 깨서 나의 시간을 못 가진 적도 있지만, 오히려 '아, 아이들이 엄마를 원하는구나' 하고 기쁜 마음으로 아이들을 대할 수 있게 되었어요. 사실 자다 깨서 그런 아이들을 보았으면 피곤함에 귀찮아했을 수도 있는데, 엄마가 먼저 깨어있고 아이들을 대하니 마음의 여유도 생긴다는 걸 알았어요.

'새벽 기상의 기적', 말 그대로 내가 원해서 새벽 시간을 활용해 보니 기적이 일어났어요. 온전한 나의 시간을 가질 수 있고, 마음의 여유가 생겨 아이들을 더 사랑으로 대하게 되며, 이 모든 것에 감사함을 느끼게 되었어요. 저는 이 새벽 시간을 앞으로도 계속 활용할 생각이에요. '이렇게 좋을 줄 알았으면 진작 시작할걸!' 하는 생각이 드는 요즘입니다.

나의 시간을 매일 갖고 보니, 꼭 새벽이 아니더라도 하루 중 온전히 나 자신에 집중하는 시간은 필요한 것 같아요. 단 10분이라도 나를 위한 시간을 갖는 것과 갖지 않는 것의 차이는 분명히 존재해요. 바쁘게 돌아가는 하루 속에서 나에게 집중하는 시간은 나 자신을 사랑하게 하고, 삶에 활력을 불어 넣어줍니다.

잠시라도 가족이 아닌 나를 위해 시간을 투자해 보는 것은 어떨까요? 무엇보다 가치 있는 일임을 모두가 알게 되었으면 좋겠습니다.

꿈을 꾸기 위한 시간을 내라.

– 톨스토이

05

온라인 모임으로
나를 이끌다

 책을 읽다 보니 글을 써보고 싶다는 생각은 들었
지만, 참 막연한 생각이었던 것 같아요. 무엇부터 시작해야 할
지도 모르겠고, 시작하더라도 어떻게 시작해야 할지 막막했어
요. 그렇게 차일피일 미루다 어느 날 지역 맘카페에서 글 하나
를 발견했어요. '글쓰기를 해보고 싶나요?' 이 한 문장은 저의
마음을 움직이기에 충분했어요. 제목을 클릭하고 내용을 읽어
보니 글쓰기 모임이었어요. 매일매일 글감이 주어지고, 그것에
대해 자유롭게 글을 쓰고, 다른 사람들의 글에 나의 생각을 적
는 것이었어요. 분량도 정해져 있지 않아 부담이 적었고, 내 글
에 대한 피드백도 받아볼 수 있어서 좋은 기회라 생각했지요.
그렇게 저의 첫 글쓰기가 시작되었습니다.

글쓰기 모임을 유지하는 동안 처음에는 주어진 글감이 있어도 생각하고 정리해서 글로 나타내기가 정말 어려웠어요. 다른 사람들의 글을 읽어 보면 '다들 이렇게 멋지게 써내는데 난 왜 안될까?' 하는 생각을 수도 없이 했던 것 같아요. 그래도 글은 쓰면 쓸수록 는다는 말처럼 조금씩 글의 분량이 늘어나고, 부담도 조금씩 덜어지기 시작했어요. 그렇게 한 달을 지속했습니다.

끝나고 나서는 또 무엇을 해야 할지 몰랐어요. 다른 사람들과 같이할 때는 오히려 자극도 돼서 열심히 하였는데, 혼자서 글을 쓰려니 다시 눈앞이 캄캄해졌습니다. 블로그가 도움이 된다고 해서 블로그를 개설하기는 했는데, 블로그를 처음 접한 저는 어디서부터 어떻게 시작해야 할지 또 까막눈이 되었지요.

그러던 어느 날 서점에 갔다가 나와 육아관이 비슷한 엄마의 책 한 권을 발견하게 되었어요. 책을 보니 블로그가 소개되어 있어 들어가 보았는데, 거기에서는 여러 가지 온라인 모임들이 진행되는 중이었어요. 그 중 블로그 포스팅에 관련된 모임이 있었는데, 저는 이거다 싶어 다짜고짜 모임 모집에 신청을 하고, 그렇게 저의 두 번째 글쓰기 모임이 시작되었습니다.

블로그 포스팅 모임을 통해 거의 매일 혹은 격일로 글쓰기를 하며 포스팅을 했어요. 가끔 쉬어갈 때도 있었지만, 나름대로 열심히 글을 썼습니다. 그러는 중에 새벽 기상 온라인 모임을 알게 되었고, 그 모임을 통해 필사 모임에도 참여하게 되면서 하고 싶은 일들을 하나씩 해 나가기 시작했어요.

온라인 모임들을 통해 저는 지금 새벽 기상과 함께 필사하기, 글쓰기, 독서하기를 더 열심히 하고 있어요. 온라인 모임의 힘을 알게 된 이후로는 그렇게 어려워하던 운동하기도 꾸준히 유지를 하는 중입니다.

확실히 혼자 하는 것보다는 여럿이 하는 것이 자극도 되고, 같은 길을 걸어가고 있는 사람들이 있기에 힘이 되고 있어요. 그리고 모임들을 통해 그동안 생각만 해두었던 것들을 실천하게 되었고, 그 가치도 깨달을 수 있었습니다. 내가 모르는 것들을 다른 사람들을 통해 그 방법도 배울 수 있었어요.

가끔은 '만약 내가 혼자였다면 이 모든 것들을 할 수 있었을까?' 하고 생각해 봐요.

사실 저는 누군가와 함께한다는 것은 생각해 보지 못한 일이었어요. 무엇이든 늘 혼자 해왔고 혼자서 잘 해내려고 애를 썼어요. 그러다 매번 작심삼일로 끝날 때가 많았습니다. 그리고 자존감까지 잃어버리는 상황들이 눈앞에 펼쳐지기도 했어요. 하지만 지금은 나와 함께하는 사람이 있다는 것이 얼마나 중요하고 소중한지를 알아요. 내가 능력이 좋아서 여기까지 온 것이 아니라 함께하는 사람들이 있기에 포기하지 않고 꾸준히 해낼 수 있었고, 그 꾸준함이 이렇게 제가 원하는 것들을 이루게 해주었다고 생각해요. 함께하는 사람들을 통해 꾸준함과 방법을 배웠고, 꾸준함이라는 능력은 저의 한계를 뛰어넘게 해주었어요. 그 한계를 뛰어넘는 경험들이 쌓이고 쌓여 더 큰 꿈을 이루어 낼 수 있을 것이라 믿어요.

지금 내가 하고 싶은 일이 있는데 망설인다면, 일단 시작해 보는 거예요. 하다 보면 길이 생기고 방법을 알게 되는 경험을 할 수 있어요. 그리고 결국 해낼 수 있습니다.

모든 일의 시작은 위험한 법이지만,

무슨 일을 막론하고 시작하지 않으면

아무것도 시작되지 않는다.

– 프리드리히 니체

06 / 엄마의 시간 레시피
(자기 성장 계획)

　　엄마가 된 이후로 저의 시간은 오로지 아이들에게 맞추어 흘러갔어요. 아이들의 스케줄에 따라 움직이고 나만의 시간을 활용하지 못했지요. 아이들이 어린이집이나 유치원에 가 있을 때 마저도 전쟁터를 방불케 하는 집 정리하기, 매일 나오는 빨래하기, 반찬 만들어 두기 등 모두 아이들, 아니 가족들을 위해 움직였어요. 그나마 틈틈이 커피를 마시는 시간만이 잠시 숨을 돌리는 순간이었습니다. 전업 맘으로써 가족을 위해 할 일을 하는 것이 싫은 것은 아니었지만, 중요한 것은 지나고 보면 내가 무얼 했는지 생각이 들지 않은 정도로 그냥 시간을 흘려보낸 것 같은 기분이 든다는 것이었어요. 그러면서 이런 생각이 들었어요.

'나는 뭐지? 나는 지금 무얼 하는 걸까? 언제까지 이렇게 지내야 하는 거지?'

그래서 시간을 잘 활용하기 위해서 계획이라는 것을 세우기 시작했어요. 그날의 할 일, 이번 주에 할 일, 이번 달에 할 일 등 마치 유치원 교사로 일할 때 교육계획안을 구성하듯이 전업 맘으로써 할 일들을 계획했어요. 계획은 정말 사소한 것까지 모두 적고 실천했습니다. 아래 표는 실제 제가 계획했던 것 중 일부분이에요.

2022년 4월 월간 계획안

	내용	준비할 것	월말 피드백
가족의일	1. 봄맞이 대청소하기 2. 아이들 옷장 정리하기 3. 부부 옷장 정리하기 4. 아이들 영유아 검진 예약	1~3번 : 없음 4번 : 문진표	1번 : 남편이 5월에 연차를 내고 같이하기로 해서 미룸. 2, 3번 : 버릴 옷도 버리고 봄, 여름철 옷으로 정리 끝 4 : 5월 1주에 받으러 가기로 함.
나의일	1. 책 1권 완독하기 ('어느 날 아이가 영어로 말을 걸어왔다/ 김은영) 2. 필사, 감사일기는 매일 빠뜨리지 않고 인증하기 3. 블로그 1주에 2회 포스팅하기 4. 초고 꼭지 완성하기	1. 책 2. 책 3. 첨부할 사진	1. 완독 성공 2. 필사, 감사일기 매일 인증 성공 3. 1-3주차 성공, 4주차 실패 4. 4. 초고 꼭지 완성

2022년 4월 주간 계획안

	1주차	2주차	3주차	4주차
가족의 일	1. 봄맞이 대청소하기 2. 아이들 영유아 검진 예약하기	1. 아이들 옷장 정리하기	1. 부부 옷장 정리하기	•
나의 일	1. chapter1 읽기 2. 필사, 감사일기 3. 블로그 포스팅 2회 4. 초고 꼭지 22/35	1. chapter2 읽기 2. 필사, 감사일기 3. 블로그 포스팅 2회 4. 초고 꼭지 27/35	1. chapter3 읽기 2. 필사, 감사일기 3. 블로그 포스팅 2회 4. 초고 꼭지 32/35	1. chapter4 읽기 2. 필사, 감사일기 3. 블로그 포스팅 2회 4. 초고 꼭지 마무리

2022년 4월 18일 월요일

가족의 일 : 빨래하기, 식기세척기 세제 주문하기

나의 일 :　책 chapter 3 읽기(중요부분 필사하기), 새벽 기상 인증 & 필사와 감사일기 쓰고 인증하기 독서 논술 지도사 수강 신청하기 책 꼭지 32/35 완성하기

이런 식으로 계획 틀을 만들어 두고 노트북으로 매일 작성을 했어요. 계획을 너무 현실 불가능한 정도로 설정하면 금방 지치고, 계획을 지키게 되지 않기 때문에 최대한 실천 가능한 정도로 계획을 세우도록 노력했어요. 그리고 실천한 것에 대해

스스로 점검하는 피드백 과정도 거치면서 그달을 마무리하면 내가 무엇을 했는지도 알 수 있고, 반성할 수도 있는 계기가 되었습니다.

그리고 나의 일은 그달의 '자기 성장 계획서 체크리스트'라고 이름을 짓고 나 자신을 위해 할 일들을 구체적으로 계획했어요. 아래 표는 실제 제가 계획하고 체크했던 체크리스트입니다.

2022년 5월 자기 성장 계획서 체크리스트

어떻게 보면 계획에 맞춰 산다는 것이 꽤 퍽퍽해 보일 수도 있지만, 나만의 시간 관리를 통해 매일을 살아감으로써 무언가를 하나씩 해내는 성취감도 느끼고 보람된 일임을 알게 되었어요. 물론 변수가 생겨 계획대로 못해 낼 때도 있었지만, 주말에 내가 못한 것을 채우는 예비 시간을 따로 정해 두어 할 수 있도록 했기 때문에 크게 부담이 되지 않았어요.

저는 전업 맘으로써 나와 가족을 위해 살아가는 삶을 선택한 이상 열심히 해내고 싶었어요. 그리고 나 자신의 삶도 놓치고 싶지 않았어요. 결국 이런 저의 노력은 제 꿈을 향해 나아가는 데 발판이 되었고, 마음속으로 꿈꾸던 것을 현실로 바꿔낼 수 있는 기적을 경험하게 되었습니다.

자신에게 달려 있지 않은 것을 얻으려고 할 때,
남들과 같은 노력을 쏟지 않으면서
같은 것을 요구할 수 없음을 기억하라.

– 에픽테토스

07

평범한 전업 맘이
작가가 되기까지

유아교육을 전공하고 교사 생활을 하던 중 결혼과 동시에 아이가 생겨 가정을 꾸리고 내 아이를 양육하는 지금에 이르기까지 저는 참 많이도 변했습니다. 육아를 하면서 많은 것을 배웠지요. 둘째가 태어나던 시기에는 인생의 터닝포인트라 할 정도로 큰 파도도 있었어요.

내 마음을 위로받고 싶어 수많은 책들을 읽었고, 그 과정 속에서 느낀 것들을 글로 표현하며 치유 받았어요. 그리고 나의 경험과 생각이 누군가에게 위로와 도움이 되었으면 하는 바람으로 사부작사부작 글을 쓰기 시작했습니다.

매일 책을 읽으며 글을 쓰고 있을 때 우연히 도서관 홈페이지를 살펴보던 중 '독서지도사' 라는 직업을 알게 되었어요. 독서지도사 과정은 독서 관련 전공자가 아니어도 신청할 수 있었고, 책을 좋아하는 저로써는 꼭 도전해 보고 싶다는 생각이 들었습니다.

그래서 현재 저는 독서지도사 과정을 신청하고 수강을 앞둔 상태에요. 아이들이 지금은 모두 기관에 다니고 있고, 일주일에 1회 수업이라 큰 부담도 없어서 지금 배우기에 딱이다 싶었어요.

책 읽기에서 시작하여 이제는 작가가 되기 위해 매일 글을 쓰고 관련된 분야의 일로 확장시켜 나가고 있어요. 그리고 너무나 감사하게도 이렇게 책을 내게 되었습니다. 본래 전공과는 너무나 다른 분야의 일이지만, 저는 지금 '작가' 라는 직업을 갖게 된 것에 대해 하루하루 감사한 마음이에요.

대한민국의 지극히 평범한 엄마인 제가 작가가 되리라고는 상상도 못했어요. 한 사람을 만나 결혼을 하고 아이를 낳아 키우다 보니 새로운 인생이 시작되었고, 그 속에서 나 자신을 찾게되었습니다. 그리고 나의 가족을 통해 사랑과 감사를 배웠지요.

내가 나의 마음을 알기까지 참 많은 일들이 있었지만, 지금 생각해 보니 그 우여곡절이 있었기 때문에 지금의 내가 있는 것이라는 생각이 들어요. 먼 길을 돌고 돌아 작가가 된 것도 어떻게 보면 헛되지 않은 과정들이 있었기에 가능했다는 사실을 저는 압니다.

저에게 이 직업은 단순히 내가 좋아하는 일을 찾은 것의 결과라고만 생각하지 않아요. 육아의 삶 속에서 나 자신을 찾는 노력을 통해 나를 사랑하게 되었고, 다른 사람들에게 도움이 되고자 글을 쓰고 노력한 것이 작가라는 직업을 갖게 해주었어요.

그래서 이제는 가족의 사랑과 나의 노력으로 얻게 된 이 소중한 직업에 대해 감사한 마음으로 하루하루를 살아가려 해요. 물론 지칠 때도 있겠지만, 그동안의 값진 경험이 제가 버텨 낼 수 있는 힘이 되어 줄 거라 믿어요. 그리고 모두에게 말해 주고 싶어요. 지금 내 인생에서 나 자신을 찾는 일에 소홀해지지 말길, 내가 진정 원하는 것이 무엇인지 찾고, 그것을 이루기 위해 한 걸음씩 나아가길, 어제보다 나은 오늘이 되길 바란다는 것을요.

화려한 스펙과 뛰어난 특출함도 없는 대한민국의 평범한 엄마인 저도 할 수 있었어요. 그러니 모두 해낼 수 있다고 말해 주고 싶어요.

모든 엄마들이 육아의 삶 속에서 '나'를 잃지 않고 살아갔으면 좋겠어요. 그리고 내가 진정으로 원하는 것을 꿈꾸고 이루어 나가는 엄마가 되어요 우리.

앞으로 20년 뒤

당신은 한 일보다

하지 않은 일을 후회하게 될 것이다.

그러니 배를 묶은 밧줄을 풀어라.

안전한 부두를 떠나 항해하라.

당신의 돛에 무역풍을 가득 담아라.

탐험하라! 꿈꾸라! 발견하라!

– 마크 트웨인

새벽 기상의 기적을 알게 되어
너무나 다행입니다.
새벽은 온전히 나를 느끼고 깨울 수 있는 시간이에요.

Chapter

05

엄마의
숨구멍

내가 살기 위해 한 것들

01

내 삶의 돌파구

"엄마~ 이것 좀 도와줘~"

"엄마~ ○○가 내꺼 가져갔어요"

"엄마~ 이 책 읽어 줘요"

"엄마~ 나 이 옷 입기 싫어, 다른 옷 입을래~~"

"엄마~ 엄마~"

정말 아이들은 하루 동안 엄마를 대체 몇 번을 부르는지 세어보고 싶을 정도로 뒤돌아서면 엄마를 찾고, 또 뒤돌아서면 엄마를 찾는 연속의 시간들이 계속되었어요. '아, 엄마가 10명이라면 얼마나 좋을까?' 라는 생각을 수도 없이 한 것 같아요. 물론 아이들이 어리니 엄마의 손길이 많이 필요한 것은 사실이지만, 가끔은 이 끊임없는 엄마의 삶 속에서 나 자신을 찾고 싶을 때가 많았습니다.

그래서 시작한 것이 새벽 기상이었어요. 내 삶에 변화를 주고 싶어서 흔히들 말하는 '미라클 모닝'을 실천했지요. 처음에는 새벽에 무엇을 해야 할지 몰라 블로그에 글을 쓰기 시작했어요. 글을 쓰다 보면 내 생각이 정리가 되고 마음이 차분해진다는 것을 느꼈어요. 그래서 길지는 않더라도 조금씩 나의 이야기를 꾹꾹 써 내려가기 시작했습니다. 그러다 필사 모임을 알게 되어 필사를 하고, 긍정 확언과 감사일기도 쓰기 시작했어요. 그리고 독서와 운동까지 모두 새벽 시간을 활용했습니다. 내가 조금만 부지런하면 새벽 시간에 할 수 있는 일이 생각보다 많다는 것을 알게 되었어요. 그래서인지 어느 순간부터인가 새벽 시간이 내 삶의 돌파구처럼 느껴졌어요. '아, 이 시간을 활용하면 나는 매일매일 온전한 내 시간을 가질 수 있겠다.' 싶었습니다.

모두 긴 시간이 필요한 것들이 아니었기 때문에 내가 일찍 일어나기만 한다면 얼마든지 해낼 수 있었어요. 비록 아이들이 중간에 깨어 엄마를 찾을 때도 있었지만, 그런 날은 아이들을 위해 시간을 보낸다고 생각하면 되니 괜찮았어요. 그래도 아이들이 깨지 않는 날에는 이것들을 해냈다는 것이 너무나 기쁘고 기분이 좋았습니다. 새벽 시간을 보내고 하루를 시작할 때가 그렇지 않은 날보다 마음이 훨씬 가뿐함을 느꼈어요. 그래서 다음 날 새벽이 또 기다려지고, 그렇게 꾸준히 지속하다 보니 매일 새벽에 눈이 떠지는 것에도 감사를 느끼게 되었습니다.

새벽 시간에 하는 필사, 긍정 확언, 감사일기, 독서, 운동은 저에게 있어 마치 숨구멍과 같았어요. 새벽에 이 일들을 하고 나면 내가 살아있음을 느낄 수 있었어요. 그리고 그 힘으로 아이들과 함께할 수 있는 에너지를 비축할 수가 있었습니다. 모든 것이 감사였어요.
꾸준히 하면 할수록 습관으로 자리가 잡혀갔고, 그렇게 조금씩 내 삶을 새롭게 스스로 변화시켜 나갔어요.

이 챕터에서는 나 자신을 위해 시작했던 필사, 긍정 확언, 감사일기, 독서, 운동에 대해 하나씩 구체적으로 이야기를 해보려 해요.

02 / 나만의 독서

저는 처음에 독서를 할 때 책 한 권을 읽어내기가 그렇게 힘들었어요. 우울했던 시기에 살고자 읽기는 했지만, 평소 독서를 즐겨하지 않았던 탓에 저에게 책 한 권은 너무나 많은 분량이었고 읽어내는 데 시간이 꽤 오래 걸렸습니다. 그래서 책을 처음부터 끝까지 읽어내는 것에만 많은 에너지를 쏟았던 것 같아요. 통독을 한 것이죠. 마음이 힘들어 책을 찾아 읽고 위로는 얻었지만, 책을 읽으면서 내 생각에는 집중하지 못했던 것 같아요. 그저 저자의 이야기를 읽는 것이 좋았습니다.

그런데 책을 읽으면 읽을수록 어느 순간부터 조금씩 생각이라는 것을 하게 되었어요. 나의 상황에 맞추어 생각을 해보고 생각나는 것들을 그때그때 책 여백에 짧게나마 메모하기 시작했어요. 그리고 와 닿고 기억하고 싶은 문장들은 나만의 노트에 옮겨 적기도 하였습니다. 이렇게 해둔 책들은 나중에 필요할 때 꺼내 보기에도 좋았어요. 그렇게 조금씩 한 권, 한 권을 저만의 것으로 만들어 나갔어요.

그러다 보니 제가 읽은 책들은 사실 다 깨끗하지 못한 편이에요. 이건 제가 책을 구매하는 이유이기도 합니다. 도서관에서 대여를 해서 읽어도 좋지만, 그러면 항상 하는 밑줄 긋기, 메모하기, 접어두기 등을 못하기 때문에 대부분 책을 구매해서 읽게 되었어요. 한 달에 책 한두 권을 읽는 것을 목표로 하였고, 다른 것에서 아끼면 된다는 생각에 경제적으로도 큰 부담이 되지는 않았어요.

독서 방법은 속독, 완독, 다독, 묵독, 통독, 발췌독, 정독 등 매우 다양하지만, 지금 지금 저만의 방법으로 책을 읽어내고 있어요. 그리고 책 한 권을 읽다 보면 그 책 속에 등장하는 또 다른 책이 나오는 경우가 있는데, 그 책이 궁금해서 그다음 읽을 책으로 미리 골라놓기도 해요. 마치 꼬리 잡기를 하듯 연결된 독서를 하게 됩니다. 그러다 보니 책을 읽는 분야도 다양해졌음을 느껴요. 사실 저는 육아서나 심리서를 주로 읽어서 책 편식이 있는 편이었는데, 꼬리의 꼬리를 무는 독서를 통해 인문학 서적, 고전 등 독서의 분야의 폭이 넓어지는 경험을 할 수 있었어요.

마음이 힘들어 위로받고 싶어 시작했던 독서이지만, 이제는 독서가 제 삶의 일부가 되었어요. 독서의 맛을 알았고, 이런 독서의 맛을 많은 사람들이 알게 되었으면 좋겠어요. 책을 읽을수록 느낀 것은 이 세상에 나에게 도움이 되지 않는 책은 없다는 것이었어요. 나와는 거리가 멀던 고전도, 책 속의 어느 한 문장이라도 저에게 분명한 울림을 주었습니다.

생텍쥐페리의 〈어린 왕자〉에 이런 이야기가 나와요.
갈증을 해소시켜 주는 알약을 파는 어느 상인이 일주일에 이 알약을 한 알씩 먹으면 더 이상 물을 마시고 싶지 않게 된다고 말합니다. 물 마시는 시간을 53분이나 절약할 수 있다고요. 어린 왕자는 그 시간을 절약해서 무얼 하는지 물어요. 그럼 상인은 "하고 싶은 걸 하지!"라고 대답합니다. 그런데 어린 왕자는 이렇게 생각하지요.

'나에게 여유롭게 보낼 수 있는 53분이 생긴다면, 샘물을 향해 아주 천천히 걸어갈 거야!' 라고.

어린 왕자는 어딘가에 있는 소중한 존재를 천천히 찾아가는 것에 의미를 두고 있어요.

여러분은 시간을 절약해서 여유가 생긴다면 무엇을 하시나요? 책 속의 어른들처럼 절약한 시간에 하고 싶은 것을 하며 보내시나요? 아니면 어딘가에 숨어있는 소중한 존재를 천천히 찾아가며 시간을 보내시나요?

저는 이 부분을 읽으면서 한동안 시간이 날 때마다 핸드폰을 하며 시간을 보냈던 때를 떠올렸어요. '차라리 그 시간에 책 한 문장을 더 읽고 생각하고 메모했더라면 내 시간을 더 소중히 보냈을 텐데!' 하고 말이에요.

저는 책과는 거리가 아주 멀었던 사람이었지만, 그런 제가 지금은 책을 읽고 생각을 해요. 책은 분명히 저를 변화시킨 것 중 하나임이 틀림없어요. 본인에게 마음의 여유가 없다면 아주 잠시라도 책을 펼쳐보는 것은 어떨까요? 저는 그런 경험이 쌓이고 쌓여 삶에 크고 작은 변화가 일어날 거라고 믿어요.

'한 문장이라도 매일 조금씩 읽기로 결심하라.
하루 15분씩 시간을 내면 연말에는 변화가 느껴질 것이다.'

– 호러스 맨

03 / 포기할 수 없는 필사

'팔 아프게 왜 필사를 하지? 그냥 머릿속으로 읽기만 하면 안되나?'

제가 필사에 대해 솔직히 들었던 생각이에요. 굳이 왜 필사를 하는지 몰랐고, 사실 궁금하지도 않았던 것 같아요. '그냥 뭐 좋은가 보다.' 하고 넘겼지요. 그런데 어느 날은 정말 궁금하더라고요. 책을 많이 읽는 사람들은 필사를 하고 있었어요. 필사가 도대체 무엇이길래 다들 필사를 하는지 궁금해서, 단지 그 이유로 시작을 했습니다.

저의 첫 필사는 인문학 달력이었어요. 하루 한 장씩 365일 동안 인문학에 관한 문구가 적혀 있는 것인데, 그것을 매일 필사를 하기 시작했어요. 길지도 않고 한두 문장으로 이루어져 있어서 처음 시작하기에 좋았습니다. 처음에는 필사를 할 때 그냥 옮겨 적는 것이 다였어요.

'이게 끝인가? 이렇게 하면 되는 건가?' 하는 생각으로 그냥 옮겨 적고 그것을 매일 했어요. 그런데 어느 날부터인가 내용을 곱씹고 있는 저를 발견했습니다.

〈4월 21일〉

유일한 것은 기억된다.

기억하지 못하는 이유는 모두의 방식으로

기억하려고 했기 때문이다.

당신만의 방법을 찾아라.

〈5월 2일〉

결국 인생은 읽은 만큼 쌓인다.

그대가 아이에게 보여준 일상의 페이지도 쌓여

아이의 인생을 구성하는 한 권의 책이 된다.

– 〈하루 한 장 365 인문학 달력〉 김종원

나 자신에게 던져지는 질문, 그리고 아이와의 삶 속에 기억해야 할 내용들을 주로 담고 있는데, 이 문장들을 그냥 읽기만 했을 때보다 옮겨 적는 시간 동안에는 다른 생각 없이 그 한 줄에 집중하게 된다는 것을 알았어요. 마치 손으로 책을 읽는 듯한 느낌이었습니다. 그리고 그 문장을 읽고, 베껴 쓰고, 생각해 보면서 한 문장을 최소 3번은 보게 되는 셈이니 자연스럽게 반복적인 독서가 되고, 그 내용을 곱씹어보는 데 효과적인 부분이 많은 것이 필사라는 것을 알았어요. 그걸 알게 된 이후로 저는 필사를 꾸준히 하고 있어요. 인문학 달력 필사를 시작으로 마음공부에 관한 필사책을 필사하고, 지금은 고전과 함께 미뤄두었던 성경도 필사를 하고 있습니다. 필사에도 부분 필사와 통필사가 있는데, 저는 부분 필사를 하고 있어요. 내가 기억하고 싶은 문장을 필사하고 내 생각을 덧붙여 정리합니다.

필사를 해보니 나에게 도움이 되는 점이 많았어요. 독서를 좀 더 심도있게 할 수 있도록 해 주었고, 필사를 하는 동안에는 잡생각이 들지 않아 저의 스트레스를 줄여주었습니다. 사실 시어머니께서 제가 스트레스로 인해 힘들어할 때 성경 필사책을 선물해 주셨는데, 처음에는 이걸 어떻게 해야 하나 싶었어요. 사실 이걸 하다가 다 해내야만 한다는 생각에 오히려 스트레스를 받는 것은 아닌지 걱정도 되었습니다. 그런데 제가 필사를 시작해 보니 시어머니의 뜻을 알게 되었어요.

한국문학번역원 원장 곽효환 님은 2016년 손글쓰기문화확산 캠페인 인터뷰에서 이렇게 말했어요.

"우리는 이미 손으로 글씨를 쓴다는 것이 특별해진 시대에 살고 있다. 손으로 글을 쓰는 행위는 아날로그적 향수나 복고적 감성을 만족시키는 데 그치지 않고 인지능력, 사고력, 학습 능력 향상과 치매 예방 등과 같은 긍정적 효과와 가치를 지니고 있다.

– 독서신문 http://www.readersnews.com/news/articleView.html?idxno=60766

필사를 왜 하는지, 필사가 무엇인지 궁금하다면 일단 시작해 보는 건 어떨까요? 그리고 독서를 하면서 생각에 집중하고 싶다면 필사를 꼭 해보도록 추천하고 싶어요. 나의 마음에 집중하고 나를 알아가는 시간이 될 수 있습니다.

저는 오늘도 새벽에 일어나 책 속에서 내 마음을 울리는 한 문장을 찾아내어 읽고 나만의 노트에 꾹꾹 써 내려갔어요. 책을 통해 위로받았던 그 마음, 이제는 책을 통해 나를 알아가고 또 나를 찾아가는 중이에요. 그것만으로도 참 괜찮은 하루의 시작입니다.

04

긍정 확언 그리고
감사일기

저에게는 한 가지 징크스가 있었어요.

내게 '안될 것 같아' 라고 불안한 마음이 있으면 반대로 '된다' 라는 것이었어요. 그래서 늘 습관적으로 안될 거라는 부정의 마음이 자리를 잡고 있었어요. 긍정적으로 생각해야 좋은 일이 일어난다고 하는데, 그걸 반대로 바꾸기가 너무 힘들었습니다. 하지만 저는 지금 매일 새벽 나를 향한 긍정 확언을 필사하고 메모해요.

〈2022. 4. 17〉

'나는 내 삶의 변화를 이뤄낼 수 있다. 나는 내 삶을 개척해 나 간다.'

〈2022. 4. 25〉

'나는 투고한 원고로 계약을 해낼 수 있다.'

실제로 제가 메모했던 긍정 확언이에요.

이 긍정적인 자기 암시문을 수없이 써 내려갔어요. 그리고 신기하게도 저는 지금 출판사와 출간계획을 하였고 출판을 앞두고 있으며, 작가라는 직업을 얻어 삶을 개척해 나가고 있어요. 긍정 확언이 현실이 되는 순간이었죠.

박시현 님의 〈나는 된다 잘 된다〉 책에서는 긍정 확언을 했을 때의 뇌가 변화되는 부분에 대해 구체적으로 제시를 하고 있어요. 단 3주면 긍정적 생각으로 긍정적 믿음을 갖게 된다는 것이 과학적으로 밝혀졌다고 합니다.

외상성 뇌손상 전문 박사인 캐롤라인 리프는 25년간의 뇌 연구와 임상을 통해 뇌의 메커니즘은 긍정적인 생각을 해야 건강하도록 설계됐다는 사실을 밝혀냈다고 해요. 두려워하고, 걱정하고, 부정적으로 생각할 때는 뇌세포가 불균형에 빠지고 화학적 혼돈이 생기는데, 그것이 스트레스이며 몸에는 병증으로 나타난다고 합니다. 이를 치료할 방법은 3주 동안 긍정적인 생각을 지속하는 것인데, 그럼 망가진 뇌 신경 세포가 건강하게 회복된다고 해요. 그리고 긍정 확언을 하면 행복 호르몬도 나오는데, 옥시토신이나 세로토닌 같은 화학 물질이 나오면서 부정적인 말과 생각을 했을 때 만들어진 건강하지 못한 뇌 신경 세포가 회복하도록 돕는다고 합니다.

긍정 확언이 과학적으로 증명되고 있는 것처럼 저에게도 실제로 긍정 확언에 대한 확신이 생겼어요. 매일 새벽 일어나서 나 자신에 대한 긍정적인 자기 암시를 함으로써 마음이 건강해지고 있음을 느껴요. 그리고 긍정 확언과 함께하고 있는 감사일기도 쓰면 쓸수록 감사할 일이 많아진다는 것을 알게 되었습니다. 감사일기라는 것을 쓰지 않았을 때는 몰랐는데, 사소한 것부터 감사할 것을 찾아보니 지금 내 인생이 감사가 넘친다는 것도 알게 되었어요.

심리학 교수인 로버트 에몬스는 실험을 통해 "감사하는 사람은 훨씬 살아있고, 경각심을 가지며 매사에 적극적이고 열정적이며, 다른 사람들과 더 맞닿아 있다고 느낀다."고 말했어요. 그는 〈감사의 과학〉이란 책을 2권 집필하고 감사일기의 효과에 대한 연구발표를 내놓기도 했어요. 특히 감사일기에 관한 실험을 했는데, 12살에서 80살 사이의 사람들을 상대로 한 그룹에는 감사일기를 매일 또는 매주 쓰도록 하고, 또 다른 그룹들에는 그냥 아무 사건이나 적도록 했더니, 그 결과 감사일기를 쓴 그룹의 4분의 3에 해당하는 사람들의 행복 지수가 높아지고 수면이나 일, 운동 등에서 더 좋은 성과를 냈다고 합니다.

– 중앙일보 https://www.joongang.co.kr/article/6739545

나에 대한 긍정적인 자기 암시와 모든 것에서 감사를 찾는 것이 처음에는 막막하고 어려웠지만, 꾸준히 지속하다 보니 이것도 습관처럼 저의 일상이 되었어요. 지금 이 시간 노트북 앞에 앉아 글을 쓰고 있는 것 또한 감사이고, 저의 글을 읽어 주는 이들이 있다는 것도 감사임을 압니다.

아침에 하는 사소한 긍정적인 생각이
당신의 하루를 바꿀 수 있다.

– 달라이 라마

05

하루 10분 나의 몸 깨우기

저는 학교 다닐 때부터 척추측만증이 있었어요. 한창 성장하는 시기라 통증이 정말 심했는데, 성인이 되어서 성장이 멈추자 통증이 조금은 사라졌어요. 다만 측만증은 여전히 있었습니다. 한동안 잊고 지내다가 임신을 하고 막달이 되자 몸의 균형이 뒤로 넘어가면서 다시 허리의 통증이 시작되었어요. 출산을 할 때도 배로 느껴지는 진통보다 허리로 오는 진통으로 고생을 했습니다. 역시나 출산을 한 뒤에는 허리 통증이 더 심해져서 재활을 받아야 했어요. 매주 치료를 받으며 거의 8개월을 보냈습니다. 그렇게 어렵게 찾은 건강이었는데, 저는 그 이후로도 건강에 참 무심했어요. 아이를 키우며 시간이 없다는 핑계로 운동을 미루고, 틈이 날 때는 가만히 쉬고 싶다는 이유로 운동을 하지 않았어요. 그렇게 차일피일 미루기만 하다가 결국에는 살이 찌고 몸의 균형이 깨지는 것을 느꼈습니다.

사실 측만증 때문에 자세의 교정을 위해 예전부터 요가를 배우고 싶었는데, 늘 생각만 하고 미루었어요. 요가 학원을 등록하고 꾸준히 다닐 용기도 없었고, 집에서 유튜브 영상을 보고 혼자 따라 하자니 귀찮기도 해서 유지하는 것이 늘 작심삼일로 끝나고는 했습니다. 그래서 새벽 기상 모임을 시작하면서부터 그곳에 인증하기 방법을 활용하기로 했어요. 모임에서는 나의 새벽 루틴을 시간과 함께 온라인 채팅방에 인증하고 공유하는 것이 있었는데, 그렇게 인증을 매일 하다 보니 더욱 부지런히 움직이게 되었습니다. 덕분에 매일 새벽 하루 10분 요가를 실천할 수 있었어요. 가끔 아이들이 일찍 깨는 날에는 아이들과 함께 요가를 하기도 했어요.

그리고 온라인 모임에 새벽 루틴으로 산책을 하는 분이 계셨는데, 그분을 통해 산책의 좋은 점에 대해 알게 되었어요. 잠깐 걷는 게 얼마나 도움이 될까 싶었는데, 막상 산책의 효과에 대해 알고 나니 실천해 보고 싶어졌어요.

전문가들이 말하는 산책의 효과는 크게 3가지라고 해요. 첫 번째는 기분이 좋아진다는 것, 두 번째는 뇌에 산소를 공급해 준다는 것, 세 번째는 창의성 있는 아이디어를 쉽게 떠올릴 수 있다는 것이었어요. 실제로 스티브 잡스, 소크라테스, 칼 비테 등 위대한 업적을 남긴 기업인이나 사상가들은 모두 산책을 즐겼다고 해요.

그런데 긴 시간 산책을 하자니 꾸준히 유지하기가 어려울 것 같아 저는 딱 10분으로 목표를 정하였어요. 그리고 아이들을 등원시키고 나서 집 주변을 10분씩 걷기 시작했습니다. 긴 시간이 아니어서 부담도 되지 않았고, 매일 실천해 낼 수 있었어요. 신기하게도 산책을 하다 보면 그동안 걸어가면서 보지 못했던 것들이 눈에 보였고 머리도 맑아짐을 느꼈어요. 그리고 항상 무언가를 하려는 급한 마음들이 조금씩 여유로워졌고, 그렇게 나의 몸을 깨워 나갔습니다.

어느 날 산책하다 우연히 발견한 네잎클로버

산책을 하면서 특히 책을 쓰는 것에 대해 생각을 했어요. 만약 내가 책을 쓴다면 어떤 분야의 책을 쓸지, 목차는 어떻게 구성을 할 것인지 대략적인 구상을 하면서 산책을 했어요. 그때 생각했던 내용을 이 책에 담기도 하였습니다.

하루 단 10분이지만, 매일을 나의 몸을 깨우는 데에 투자한다면 내 몸의 변화를 조금씩 느낄 수가 있어요. 유지하기가 어렵다면 온라인 모임에 인증을 하고 다른 사람들과 함께 공유를 하는 것도 방법이 될 수 있습니다. 어떠한 방법이든지 간에 자신에게 맞는 것을 찾아 나의 몸을 깨우는 데 시간을 보낸다는 것이 중요한 것 같아요.

오늘 하루 중 단 10분, 나의 몸을 깨워보는 건 어떨까요?

> 진정으로 위대한 모든 생각은 걷기로부터 나온다.
>
> – 프리드리히 니체

프리드리히 니체가 말한 것처럼 걷다 보면 두뇌가 깨어나고 때로는 나에게서 엄청난 생각이 나올 수 있을 거라고 믿어요.

06 / 습관이 된 나의
새벽 루틴

'서른 다섯, 아직 젊은 나이에 새벽 기상의 기적을 알게 되어 다행입니다.'

요즘 제가 자주 하는 생각이에요. 남편은 그런 저에게 "피곤하지 않아?"라며 이따금씩 물어봐요. 그럼 저는 대답해요. "전혀, 나 요즘 너무 행복해. 살 것 같아. 자기도 해볼래?"
그러면 남편은 웃으며 괜찮다고 말합니다. 진경이가 좋으면 됐다고.

오늘도 저는 새벽 3시 45분에 울리는 진동 알람을 듣고 일어났어요. 그리고 화장실로 가서 간단히 씻은 후 미지근한 물 한 컵을 천천히 마십니다. 새벽 4시. 공복에 먹으면 좋은 음식들을 챙겨 부엌 식탁 앞에 작은 불을 켜두고 앉아요. 식탁 위에는 전날 미리 준비해 놓은 필사책과 독서할 책들, 계획서, 노트북이 놓여 있어요. 준비된 필사책을 펼쳐 들고 필사를 합니다. 그리고 그날의 나를 향한 긍정 확언을 적어요. 감사일기도 빼먹지 않고 5가지를 적어 나가요. 다 적고 나면 어제 읽던 책을 펼쳐 들고 조용히 독서를 해요. 그리고 기억하고 싶은 문장을 노트에 꾹꾹 눌러 담아 적습니다. 해가 뜰 때쯤 되면 의자에서 일어나 핸드폰으로 유튜브 10분 요가 영상을 틀어두고 따라 하며

모두가 잠들어 있는
새벽 4시,
식탁 앞에 앉기 전

나의 몸을 깨워요. 그렇게 루틴을 마치고 나면 6시가 조금 넘는 시간이 됩니다.

가끔은 이 새벽 루틴이 깨지기도 해요. 대부분 아이가 일찍 깬 날은 그래요. 하지만 그렇다고 해서 저의 새벽 루틴이 완전히 무너지지는 않아요. 그날 한 번 못했다고 해서 좌절하지도 않고요. 그저 나의 상황에 맞추어 나가는 거예요.

아이가 일찍 깬 날이 유치원을 가지 않는 주말일 경우에는 아이와 새벽을 함께하기도 해요. 저는 필사나 독서를 하고 아이는 옆에서 사부작사부작 종이접기나 그림을 그려요. 엄마에게 편지를 써서 슬쩍 내밀기도 하는 예쁜 아이. 온전한 내 시간을 보내지 못했더라도 괜찮아요. 그날은 아이와 함께한 즐거운 추억을

5:48 AM, May 3, 2022

2022.5.3. 새벽 5시 48분 아이와 함께한 시간

만든 것으로 되었으니까요. 그날은 그것만으로도 충분한 하루에요.

새벽 기상의 기적을 알게 되어 너무나 다행입니다. 새벽은 온전히 나를 느끼고 깨울 수 있는 시간이에요. 그리고 살아 숨 쉬고 있음을 느낍니다.

만약 누군가 저에게 "미라클모닝 어때요?"라고 묻는다면 저는 대답할 거예요.

"일단 시작해 보세요."라고.

동트기 전에 일어나는 것은 좋은 습관이다.
그런 습관은 건강, 부, 지혜에 기여하기 때문이다.

– 아리스토텔레스

삶의 의미를 찾아가고 있는
지금 이 순간이 너무나 행복해요.

Chapter

번외편
오늘을 살아가는 '나'

엄마가 아닌
'나'의 시간

우울증을 겪었던 시기에 둘째 아이를 돌이 될 때까지 베이비시터에게 맡긴 적이 있어요. 베이비시터에게 아이를 맡기면서 사실 경제적인 부담이 많이 되었어요. 베이비시터를 끊는 것에 대해 상담사와 이야기를 나누다가 "큰일이 생기는 것보다 차라리 빚을 지는 게 더 낫지 않을까요?"라는 상담사의 조언에 아이를 1년 정도 베이비시터에게 맡겼습니다.

하지만 저는 워킹 맘도 아닌데다가, 엄마가 필요한 시기에 베이비시터 이모님의 손에서 자라게 한 것이 제 마음을 무겁게 했고, 또 첫째 아이만큼 둘째 아이와는 단둘이 시간을 보내지 못한 것에 대해 미안한 마음을 늘 갖고 있었어요. 그래서 상태가 많이 호전된 뒤에 베이비시터도 끊고, 다니던 어린이집도 어차피 코로나19로 등원을 못하게 되니 퇴소를 결정하고 가정 보육을 결심했습니다.

2021년 여름 그 시기, 둘째 아이가 3살이었어요.

그때부터 저의 육아는 풀가동이었지요. 하지만 그 시간이 싫지가 않았어요. 둘째 아이와 시간을 보내며 아이를 온전히 사랑해 줄 수 있었고, 더불어 저도 아이를 통해 사랑을 받는 시간이었습니다. 그리고 첫째 아이보다 둘째에게는 책을 많이 읽어주지 못했었는데, 그 시간 동안 다양한 그림책을 읽어 주며 아이가 책과 가까워지는 기회가 되었고, 다행히 아이는 책을 친구처럼 좋아하게 되었어요.

그래도 엄마의 삶으로 매일매일 살아가다 보면 가끔 쉬어가고 싶을 때가 있잖아요. 아이들은 너무나 예쁘지만 체력은 방전되어 가고 정신력으로도 힘든 그 순간, 남편이 저에게 바람을 쐬고 오는 게 어떨지 이야기를 한 적이 있어요. 한창 코로나19로 첫째까지 같이 장기간 가정보육을 하던 때였는데, 집에서 육아만 하는 제가 너무 답답해 보였는지 남편이 회사를 쉬는 주말에 아이들을 보고 있을 테니 저에게 잠시 쉬고 오라며 자유부

인을 허락해 주었습니다.

막상 자유를 얻으니 어디를 가야 할지, 무엇을 해야 할지 몰랐어요. 코로나 때문에 사람들과 만나 어디를 다니기도 뭐하고, 어떻게 할까 하다가 서점이 떠올랐어요. 아이들과 서점에 가면 항상 제 책은 보지도 못하고 오곤 했는데, 이번이 기회다 싶었어요. 보는 사람은 없지만, 기분전환 겸 예쁘게 화장도 하고, 입고 싶었던 옷을 입고 서점으로 향했습니다.

운전하면서 좋아하는 노래를 들으며 아침 10시 오픈 시간에 맞춰 서점에 도착했어요. 오픈 시간인데도 책을 좋아하는 사람들이 줄을 서서 들어가고 있었습니다. 설레는 마음으로 서점에 들어서자 가장 좋아하는 책 냄새가 났어요. 책 냄새에 이끌려 먼저 신간 도서 매대에 가보았어요. 거기서 요즘 신간은 어떤 것이 있는지 살펴보기도 하고, 좋아하는 심리학, 인문학 코너에 가서 마음에 끌리는 제목과 목차를 보며 책을 골라 보고, 육아서도 살펴보았습니다.

육아 서적을 읽어 보고 있는데, 육아 서적 코너 옆에 어린이 서적 코너에서 어떤 여자아이가 아빠와 함께 책을 고르고 있는 것을 보았어요. 저희 첫째 아이와 비슷한 또래 같았는데, 아빠와 함께 책을 고르며 쫑알쫑알 이야기를 나누는 모습이 어찌나 예뻐 보이던지요. 저도 모르게 미소가 지어지던 순간이었어요.

그리고 다시 읽고 싶은 책 두 권을 골라 계산을 한 후 제가 좋아하는 카페로 향했어요. 항상 마시는 맛의 커피를 주문하고 테이크아웃을 해서 집으로 향했습니다. 책 두 권과 커피 한 잔을 들고 집으로 돌아가는데 어찌나 마음이 가볍고 들뜨던지요. 늘 아이들과 함께하다 잠깐이라도 내가 좋아하는 곳에 가서 좋아하는 일을 하고 돌아오니 기분 전환도 되고, 나를 위한 시간을 보낸 것 같아 뿌듯했던 하루였어요. 이런 의미 있는 시간을 선물해 준 남편이 고마웠고, 다시 힘을 내서 육아를 할 수 있는 기운이 생겼습니다.

엄마도 사람이기 때문에 앞만 보고 달려갈 수는 없어요. 가끔은 집을 벗어나 잠깐의 휴식을 갖는 것이 나를 위한 일이기도 하고, 아이들을 위한 일이 될 수도 있지요. 그날 저는 엄마가 아닌, 오로지 나 자신을 위해 내가 원하는 것을 하며 시간을 보냈어요. 특별한 휴식을 취한 것은 아니었지만, 그것만으로도 충분히 의미 있는 시간이었고, 정신적으로 재충전을 할 수 있는 날이었습니다.

그 이후로도 저는 가끔 육아가 힘들 때마다 주말에 남편 찬스를 이용해서 바람을 쐬고 오곤 했어요. 남편도 직장과 집을 오가며 자유 시간을 갖고 싶었을 텐데, 너무나 고맙게도 남편은 저에게 "진경이가 기운이 나면 나도 기운이 나!"라고 위로해 주며 저를 먼저 생각해 주었어요. 그리고 엄마에게 휴식의 시간을 허락해 준 아이들에게도 고마웠습니다.

이렇게 멋진 남편과 기특한 아이들의 아내이자 엄마여서 행복하고 또 감사한 마음이에요. 그리고 나를 지켜주는 가족이 있기에 매 순간 최선을 다하게 되고, 기쁜 마음으로 살아갈 힘이 생깁니다. 저도 가족들에게 힘이 되어 주는 멋진 아내, 그리고 엄마가 될 수 있기를 바라고 또 바라봅니다.

02

커피에 진심인 편

"커피, 좋아하시나요?"

저희 친정엄마께서는 커피를 무척 좋아하시는데, 어렸을 때부터 참 궁금했어요. '커피는 무슨 맛일까?' 늘 생각만 하다가 고등학생 때 처음으로 커피를 마셔 보았어요. 그때는 자판기 커피가 많았을 때라 동전 300원을 넣고 자판기 커피를 뽑아 마셨는데, 그 한 잔이 어찌나 달달하고 맛있던지요. 그러다 대학생이 되고 카페에 다니기 시작하면서 새로운 커피의 맛을 알게 되었습니다.

그 이후로도 저의 커피 사랑은 계속되었어요.

아이를 낳고 나서는 커피가 너무나 궁금해 커피에 관련된 책을 사서 읽을 정도였어요. 책을 읽다 보니 얕은 지식으로만 알고 있던 커피 종류에 대해 자세히 알게 되고, 또 마셔 보고 싶어지고, 그러다 보니 커피 살림살이도 늘어가고 있답니다.

아이를 키우면서부터는 커피와 더욱 가까워지는 것 같아요. 피곤한 이유로 카페인이 필요해서도 그렇지만, 커피를 마심으로써 행복을 느낄 수 있는 그 소소함이 저에게는 너무나 컸어요. 제가 어렸을 때 커피를 마시는 엄마를 바라보며 궁금해했던 것처럼 제 아이들도 커피를 마시는 저를 보며 너무나 궁금해합니다.

　"엄마, 커피 맛있어? 나도 조금 먹어보고 싶다~"

　"응, 그런데 아직은 어려서 마시지 않는 게 좋아. 우리 세영이, 세은이도 어른이 되면 엄마랑 같이 마시자~ 알았지?"

　"알았어! (물컵을 들고 오며) 엄마, 이거 커피야~ 우리 같이 마시자~"

이런 대화를 나누며 아이들과 즐거운 시간을 보내기도 하고, 또 먼 훗날 아이들이 커서 함께 맛있는 커피를 즐기는 모습을 상상해 보기도 해요. 생각만 해도 너무나 행복한 일입니다.

저는 핸드드립 커피를 가장 좋아해요.

직접 원두를 갈아 우리고 내리는 데에 시간이 필요하지만, 그 시간이 저에게 작은 행복이 되어 주고 있어요. 달지는 않지만 부드럽고 음미하게 되는 그 맛.

복작복작 거리는 아이들과의 삶 속에서, 작은 한 켠에 저만의 커피 공간을 마련해 놓고 커피를 즐기는 그 시간은 육아를 하다가도 '나'를 찾아주는 순간이 되어 주어요.

아이들 틈바구니 속에서 매일매일 나를 위해 즐길 수 있는 시간이 있다는 건 참 감사한 일이에요. 너무나 정신이 없을 때는 캡슐 커피로 후다닥 마시기는 하지만 커피를 마신다는 것에 의미를 두고, 그것 또한 감사한 일임을 느낍니다.

지금은 혼자 마시는 커피이지만 주말에는 남편과 함께여서 기쁘고, 또 먼 훗날에는 제 딸들과 맛있는 커피를 즐길 수 있는 날이 오겠지요.

지금 이 글을 쓰는 시간은 새벽인데, 곧 아침을 간단히 먹고 커피를 마시려 해요.

나만의 커피 살림살이들

커피를 위해 밥을 챙겨 먹게 되는 아이러니한 상황이지만, 커피로 인해 식사 습관도 챙기게 되고 있으니 일단 다행인 걸로요.

여유를 느끼고 싶은 순간,

"커피 한 잔 어떠세요?"

03

아이의 애착은?
내 머리카락

      저희 첫째 아이의 이야기예요. 제목대로 첫째의 애착은 엄마의 '머리카락' 입니다.

인형도, 담요도 아닌 엄마의 머리카락이라니. 아이가 한 7-8개월 되었을 때쯤이었나 봐요. 제 머리카락을 만지면서 잠이 들더라고요. 처음에는 그냥 그런가 보다 했는데, 맙소사 아이가 제 머리카락을 만지지 않으면 잠을 못 자는 날들이 계속되었어요. 아이가 머리카락을 자꾸 만지고 잡아당기니 저는 너무 아파서 다른 대체할 것을 찾기 시작했어요. 아이가 좋아할 만한 인형을 주기도 하고, 머리카락이 긴 인형을 사 주어 보기도 했는데, 딱 그때뿐이었어요. 애착을 다른 것으로 바꿔 보려고도 해보았어요. 아이를 붙잡고 단호하게 이야기도 해보고, 그

것 때문에 아이가 울게 되는 경우도 많았습니다. 하지만 아이는 결국에도 똑같이 엄마의 머리카락만을 찾았고, 지금도 엄마의 머리카락을 만지며 자고 있어요.

예전에 남편과 육아 코칭을 받으러 간 적이 있는데, 그곳 상담사님께 여쭤보니 "이건 어쩔 수 없어요."라는 대답이 돌아왔어요. 심지어 조카도 초등학생인데 아직도 엄마의 머리카락을 만진다는 이야기를 듣고 '아, 이건 포기해야 하는구나!' 싶었습니다. 그나마 다행인 것은 제가 아예 없는, 예를 들어 둘째를 출산해서 병원과 조리원에 있다거나, 어쩔 수 없이 떨어져 자야 하는 상황이 있을 때는 엄마의 머리카락을 찾지 않고 아빠의 머리카락을 만지며 자기도 한다는 것이었어요.

그런데 이게 5년 넘게 지속이 되니 솔직히 짜증이 날 때도 있었습니다. 나는 편하게 잠을 자고 싶은데 자꾸 머리카락을 만지니 신경이 쓰여서 잠도 안 들고 힘들었어요. 왜 하필 엄마의 머리카락일까, 아빠의 머리카락은 안되나 싶기도 했고요. 잠 좀 편하게 자보고 싶을 때가 정말 많았습니다.

그런데 어느 날 아이가 저에게 이런 말을 했어요.

"나는 엄마 머리카락을 만지면 너무 좋아~ 음, 엄마 냄새~"

그리고는 생각했습니다.

'아, 내 아이가 내 머리카락을 만지면 안정이 되는구나. 엄마가 그만큼 편한가 보구나. 나를 믿고 의지하는구나. 우리 딸 건강하게 잘 자라고 있네. 고맙다.'

어느 순간 관점을 바꾸니, 아이의 행동이 이해가 되면서 안 좋은 점보다 좋은 점을 더 바라보게 되었어요. 또한 엄마와의 스킨십을 통해 아이는 편안함을 느끼고 기분이 좋아진다는 것도 느낄 수 있었습니다.

그리고 내 편의를 위해 아이의 애착을 바꾸려 했던 지난 시간들이 후회가 되었어요. 아이의 애착은 내 마음대로 바꿀 수 있는 것도 아닌데, 그저 귀찮다는 이유로 아이의 마음을 이해해주지 못했어요. 그 행동을 못하게만 하는 엄마를 통해 '아이가 얼마나 힘들었을까?' 하는 생각이 들었습니다.

이 애착이 언제까지 지속될지는 모르겠어요. 하지만 이제는 아이가 제 머리카락을 만지며 잠드는 것에 대해 귀찮아하기보다는 좋은 점을 더 바라보려고 해요. 얼마 지나지 않아 금세 엄마의 머리카락이 필요 없어질지도 모를 일이지요. 그때가 되면 이 시절을 그리워하게 될지도 모르겠어요.

부모와 아이 사이에 형성되는 애착은 육아의 시작이자 끝이라고도 해요.

어느덧 아이는 6살이 되었고 여전히 엄마의 머리카락이 애착이지만, 이 애착을 통해 아이와 내가 더욱 끈끈해지는 관계가 되고, 이 시기가 행복한 추억으로 기억될 수 있다면 더 좋겠어요. 그리고 아이가 안정감을 느끼고 건강하게 잘 자라주길 바라봅니다.

04

내 인생의 숙제,
Diet

저는 어렸을 때 아주 마른 편이었어요. 중학생 때까지만 해도 너무 말라 아파 보일 정도였어요. 그런데 그런 제가 고등학생이 되면서부터 살이 붙더니 조금씩 튼실해지기 시작했어요. 대학생 때는 적당히 보기 좋은 정도로 살이 붙어서 먹는 것에 큰 스트레스가 없었는데, 결혼을 하고 두 번의 임신과 출산을 하자 제 몸은 걷잡을 수 없을 정도로 살이 붙기 시작했습니다. 55에서 77까지 향해 달려가는 체형을 마주하고는 엄청 큰 좌절을 했지요.

사실 그 당시 우울증을 심하게 겪고 약물 치료를 병행하면서 살이 더 붙었는데, 의사 선생님으로부터 복용 중인 약이 그런 영향을 줄 수 있다는 이야기를 들은 뒤부터는 열심히 다이어트를 해야겠다고 결심하였어요.

그런데 아이 둘을 키우면서 다이어트를 하려니 너무 힘들었어요. 먹는 것도 좋아하는 편인데, 아이들을 돌보다 당이 떨어지면 먹던 초콜릿도 끊어야 했고, 라떼를 좋아하는 커피 취향도 바꿔야 했어요. 처음부터 모든 것을 다 끊으니 정말 삶이 답답해지고 더 우울해지는 기분이 들었습니다. 하지만 거울을 볼 때마다 꼭 살을 빼고야 말겠다는 생각이 들어 야심차게 다이어트를 시작했어요.

그렇게 좋아하던 초콜릿과 라떼도 당장 끊었습니다. 처음에는 이게 무슨 효과가 있을까 싶었지만, 먹는 것보다는 낫겠다는 생각으로 계속 지켜 나갔어요. 그리고 방울토마토를 준비해 놓고 허기질 때마다 배를 채웠습니다. 하루 세 끼 중 저녁 한 끼는 바나나로 대체를 했어요. 그토록 좋아하던 빵도 단번에 끊을 수가 없어서 통밀빵으로 대체해서 먹기 시작했습니다. 그렇게 하자 신기하게도 2주 만에 3, 4kg이 쑥 빠졌어요. 그런데 이때부터가 고비였어요. 먹는 것을 그렇게 좋아하는 사람이 단기간에 다이어트를 하려니, 그동안 해오던 식습관이 너무도 금방 무너지면서 다시 원 상태로 돌아오는 요요 현상을 경험했습니다. 그러다 다시 다이어트에 돌입하고, 또 먹고 싶은 것을 먹고, 의지박약의 모습이 제대로 보여지면서 의기소침해지기도 하였어요. 핑계일 수 있지만, 아이들을 데리고 육아하면서 진행하는 다이어트는 제겐 너무 힘이 들었어요.

그런데 어느 날, 식욕억제제가 있다는 사실을 알게 되었어요. 저는 빨리 살을 빼고 싶은 마음에 다짜고짜 식욕억제제를 처방받고 약을 먹기 시작했습니다. 약을 먹으니 식욕이 돋지 않아 살이 조금씩 빠지기는 했어요. 그런데 약을 먹는 것이 오히려 건강에도 안 좋을 것 같고, 내가 정말 이렇게까지 해야 하나 싶은 생각이 들어 그것도 결국 끊게 되었습니다.

이제는 건강을 지키면서 다이어트 하는 방법을 고민 중이에요. 다이어트 책도 읽어 보면서, 어느 정도 의지를 가지고 건강한 식습관을 유지하며 운동을 병행해야겠다고 마음먹었습니다. 다이어트를 해보니, 단기간에 너무 힘들게 진행하면 내 삶의 균형도 깨지고 육아에도 소홀해진다는 것을 알았어요. 그래서 내가 해낼 수 있는 범위 내에서 최대한 스트레스를 덜 받아 가면서 천천히 꾸준히 진행해 나가려 했어요.

아이들 등원시키고 아파트 단지 10분 걷기, 주로 계단 이용하기, 밀가루 음식 자제하기, 라떼는 하루 한 잔 마시기, 저녁은 6시 이전에 간단히 먹기, 야식 먹지 않기.
지금 이 6가지를 열심히 지키는 중이에요. 내가 해낼 수 있는 정도로 규칙을 정해 다이어트를 하니 진행하기도 훨씬 수월하고 잘 지켜내고 있다고 생각해요.

거짓말처럼 저의 이런 다이어트는 반년 정도에 걸쳐 4kg 감량에 성공하게 되었어요. 무척 더딘 것일 수 있지만, 그 기간 동안 큰 스트레스 없이 뺀 것이기 때문에 나 자신에게 잘했다고 칭찬도 해주고 토닥여 주었습니다. 그리고 중요한 것은 내가 정한 규칙을 최대한 지키려 노력했고, 건강에도 무척이나 신경을 쓰게 되었다는 점이에요. 자연스럽게 나 자신도 사랑하게 되는 덤도 얻었어요.

저에게 다이어트란 장기간에 걸친 끊임없는 숙제가 되었지만,

그래도 건강을 지키면서 진행하는 이 다이어트는 나 자신을 위한 일이에요. 무엇보다 스트레스를 받으며 다이어트를 하는 것이 아니기 때문에, 육아를 하는 데도 크게 영향을 끼치지 않고 행복하게 다이어트를 하고 있다고 생각합니다.

건강한 다이어트, 나를 위한 다이어트는 지금도 현재진행형입니다.

05 / 건강한 집밥을 위해!

저는 앞에서 말씀드린대로 참 '곰손' 이에요. 요리와는 거리가 멀어도 너무 먼 사이였지요. 아이의 이유식만 간신히 해서 먹이는 정도였고, 주로 반찬가게를 애용했던 저입니다. 그런 제가 이제는 자칭 '백주부' 가 되어가고 있어요.(제 성은 '백' 이에요)

예전 시아버지의 환갑 때 요리를 해 드리고 싶어 갈비를 준비한 적이 있어요. 그때가 명절과 겹쳐 갈비를 4kg 정도를 사서 도전을 했었지요. 갈비찜을 하기 위해 요리 블로그를 검색하고 나서 고기와 부재료들을 준비했어요. 그리고는 블로그를 보고 무작정 따라서 해보았습니다. 고기의 핏물을 뺀 다음 양념을 만들어서 재우고 숙성시켜 요리를 했는데, 웬걸 제가 했지만 너무 맛있는 거예요. 그 이후로 요리에 자신감이 조금씩 붙으면서 본격적으로 '집밥'을 해 먹기 시작했습니다.

늘 반찬가게에서 시켜만 먹던 메추리알 장조림, 콩나물무침, 감자채볶음 등 정말 별것 아닐 수 있지만 바로 해서 먹는 집밥은 너무나 맛있었고, 그 맛있는 음식을 가족에게 먹일 수 있다는 것에 행복을 느꼈어요. 그래서 이제는 다 만들어진 음식을 사기보다 무, 두부, 콩나물 등 재료들을 사기 시작했습니다.

물론 반찬가게를 이용했던 게 요리를 잘 못해서이기도 하지만, 저는 무엇보다 아이 둘을 데리고 요리까지 할 자신이 없었어요. 손도 야무지지 못한데다가 시간이 오래 걸리니, 그 시간에 차라리 아이들과 눈 한 번 더 마주치고 아이의 이야기에 한 번 더 귀 기울여 주어야겠다 싶어 선택한 것이었어요. 그런데 이제는 마음의 여유도 조금씩 생기고, 요리를 해보니 할 수 있겠다는 생각이 들어 차근차근 집밥을 해 먹는 중이에요. 맛이 있든 없든 늘 맛있다고 해주며 내가 만들어 준 음식을 남김없이 다 먹어주는 남편, 그 응원에 힘입어 이제는 갈비도 뚝딱, 잡채도 뚝딱 해내는 주부가 다 되었습니다.

작년 겨울에는 김장을 했어요. 처음 해보는 김장이라 친정엄마
께서 이것저것 재료들을 많이 챙겨주셔서 쉽게 해낼 수 있었어
요. 온 가족이 함께해 보는 김장에 도전했는데, 특히 아이들이
무척이나 즐거워했고, 자신들이 만든 김치라 그런지 그 김치로
요리를 해주면 더 맛있게 먹는답니다.
정말 요리에 '요'자도 모르던 제가 이렇게 요리를 하고 있는

온 가족이 함께해 보는
김장에 도전

모습을 친정엄마께서 보시고는 달라져도 너무 달라졌다며 놀라시고는 해요. 처음이 어렵지 막상 해보니 계속하게 되는 게 요리인 것 같아요. 비록 집밥을 해 먹는 게 귀찮을 때도 있지만, 그래도 가족에게 요리를 해주고 나면 뿌듯하고 또 행복하기도 합니다. 가족에게 건강한 음식을 만들어 줄 수 있어 감사하고 잘 먹어주어 감사하지요.

친정과 시댁을 오갈 때마다 항상 감사하게도 반찬, 과일 등을 듬뿍 챙겨주셨어요. 그러나 이제는 제가 딸, 며느리 입장에서 반대로 반찬을 만들어서 가져다드려 보려 해요. 정성껏 요리해서 그동안의 감사한 마음을 담아 보답해 드리고 싶은 마음입니다.

아직 부족하지만 맛있게 먹어주는 가족을 보면 뿌듯한 마음이 들어요. 가족의 식사를 챙겨주는 일이 저에게는 당연하고 뻔한 일이 아닌, 보람되고 감사한 일입니다. 그래서 앞으로도 노력할 거예요.

'건강한 집밥'을 위해!

06 / 나의 소울메이트

Soulmate. 직역하자면 영혼의 짝, 마음이 통하는 사람. 의역하자면 천생연분 정도. 소울메이트의 사전적 의미예요.

이런 영혼의 짝이 저에게는 '남편'이에요.

남편은 저와 중학교 1학년 때 같은 반으로 만났어요. 그렇게 친한 사이는 아니었지만, 중학교 2, 3학년 때 다른 반이 되어서도 마주칠 때마다 인사를 하고 지냈던 기억이 나요. 그러다 고등학생이 되면서 각각 남고, 여고로 갈라지고 수능을 치른 후 우연히 연락이 닿으면서 다시 만나게 되었습니다.

2007년 1월 31일.

지금의 남편과 '처음 사귄 날' 이에요.

서로 다른 대학에 다니면서도 주말마다 만나며 애틋한 장거리 연애를 했고, 그러다 4년째 되었을 쯤 한 번 위기가 있었어요. 제가 임용고시를 준비할 때였는데, 그때 남편은 군인이었습니다. 제대를 앞두고 있었는데, 제가 공부를 해야 한다는 이유로 남편을 멀리 했었어요. 그렇게 3개월 정도 시간이 흐르고 다시 만나게 되었지만, 그때의 경험으로 그 사람의 소중함을 더 느끼는 시간이 되었습니다.

그 뒤 6년을 연애하고 10주년이 된 기념으로 혼인신고를 한 다음 결혼식을 올렸지요. 주변에서는 오랫동안 한 사람만 만나는 저를 안타깝게 바라보기도 했지만, 저는 그런 것에 있어서 후회가 없었어요. 남편은 한결같이 좋은 사람이고, 항상 제가 배울 점이 많은 사람이라는 걸 알았기 때문이에요.

결혼하고 임신해서 출산을 하는 순간, 그리고 육아를 하는 동안에도 남편은 늘 제 곁을 지켜주었고 지금도 함께하는 중이에요. 직장에서 하루 종일 일에 치여 힘들 텐데도 매일 제 식사와 안부를 챙기는 남편, 집에 와서는 자신의 피곤함을 뒤로하고 힘들었을 저를 위해 살림과 육아를 돕는 남편을 바라보면서 저 또한 그 성실함을 배우고 더욱 힘이 되어 줘야겠다는 생각을 갖게 합니다.

저희는 지금도 서로의 이름을 불러주어요. 아이들 앞에서는 호칭을 조심해야 하는 게 맞지만, '여보'나 '누구의 엄마'가 아닌, '진경아'라고 이름을 불러줄 때 행복감을 느낍니다. 동갑이지만 절대 '야'라는 호칭은 쓰지 않아요. 성도 붙이지 않고요.

아이들이 지금보다 어릴 때 제가 "장희야" 하고 부르는 소리를 듣고 따라한 적도 있지만, 제가 아이들 앞에서 행동으로 아빠를 높이기 때문에 이제는 아이들도 그런 엄마를 보며 아빠를 챙기기도 합니다.

아이들의 아빠인 제 남편은 늘 스스로를 낮추는 사람이에요. 저에게도, 아이들에게도 그렇습니다. 하지만 그러면서도 가족에게 사랑받는 자신은 행복하다고 말합니다. 행복하다고 말하는 남편을 바라보는데 어찌나 감사하고 또 감사하던지요.

그런데 어느 날 남편이 저에게 이런 말을 한 적이 있어요.
"내가 어느 책에서 읽은 글 중에 자기 아내가 평소에 행복하다고 느끼는지 묻는 질문이 있었는데, 나는 잘 모르겠어. 내가 평소에 표현을 잘 안 해서…. 글쎄 아닌 것 같아!"라고 자신 없어 하며 말을 꺼냈어요.
그래서 제가 이야기해 주었습니다.
"장희가 내 옆에 있어서 얼마나 좋은데, 나는 지금 너무 행복해!"라고요.
오히려 제가 미안했어요. '내가 평소에 고마움의 표현을 더 했어야 했나 보다.' 하고요.
표현은 많지 않은 남편이지만, 늘 행동으로 보여주는 사람이기에 느낄 수 있었어요. 얼마나 가족을 아끼고 사랑하는지요.

내가 살면서 의지하고 기댈 수 있는 사람, 나의 마음을 공감하고 위로해 주는 사람, 그리고 가장 아끼고 사랑하는 사람. 이런 제 남편은 저의 영원한 '소울메이트' 입니다.

제 남편은 저의 영원한
'소울메이트' 입니다.

"장희야, 장희가 내 남편이라서, 우리 아이들의 아빠라서 너무 감사하고 행복해. 우리 더도 말고 덜도 말고 딱 지금처럼만 행복하게 지내자. 사랑해. 아주아주 많이!"

07

오늘도 꿈꾸는
엄마

학교 다닐 때 장래 희망을 적는 시간이 있었지요. 혹시 그때 무엇을 적으셨나요?

저는 유치원 교사를 적었어요. 단지 아이들이 좋아서 적었고, 그걸 생각하며 공부를 한 건 아니었지만, 신기하게도 어떻게 하다 보니 실제로 유아교육을 전공해서 유치원 교사가 되었습니다.

유치원 교사로 지낸 시간은 무척 짧았어요. 담임으로 일하다 다른 공부를 해보고 싶어서 잠시 쉬었고, 다시 담임을 맡자니 건강도 안 좋고 부담이 되어 행정 일을 선택하게 되었어요. 그러다 결혼을 하고 아이를 낳다 보니 경력도 단절이 되었고요.

더 솔직히 얘기하면, 사실 전 제 커리어에 강한 의지가 없었고 노력도 적은 편이었어요. 어느 정도 원해서 유아교육과에 들어갔지만 막상 현장에서 일을 해보니 '정말 내가 좋아해서 하는 일이 맞는 건가?' 싶을 때가 많았어요. 그래서였을까요. 경력을 쌓는 것에 큰 욕심이 없었습니다. 돈을 벌며 그저 그런 삶을 살고 있었어요. 내가 진짜로 하고 싶은 것이 무엇인지 잘 모르겠고, 그러는 사이 엄마가 되었습니다.

아이를 낳고는 마치 하루살이처럼 하루를 꾸역꾸역 살아가고 있었어요. 수유하고, 잠을 재우고, 씻기는 등 내 삶은 어딘가에 있는지도 모르겠고, 그저 아이만 돌보는 '엄마' 의 삶만 있다는 게 너무나 슬펐습니다. 그래도 '언젠간 겪게 될 일이야!' 라고 생각하면서 하루하루를 보냈던 것 같아요.

그런데, 아이와 함께하는 시간 동안 책을 읽기 시작하면서부터 그런 제 삶에 변화가 일어났어요. 힘들어서 다시 기운을 내기 위해 책을 집어 든 것도 있지만, 아이에게 책을 읽어 주다 보니 나의 책도 읽고 싶어졌고, 책을 통해 내가 하고 싶은 것이 무엇인지, 어떤 삶을 살아야 하는지 꿈을 꾸게 되었어요. 그리고 행동으로 이어졌어요. 지금 글을 쓰는 것 또한 제가 원하는 것이고, 더 큰 꿈을 위해 나아가는 중입니다.

만약 아이가 내 삶에 함께하지 않았다면, 내가 이런 꿈을 꿀 수 있었을까? 라는 생각이 들어요. 아이와 함께하는 경험이 쌓이면서 책을 보게 되고, 책을 보다 보니 꿈을 꾸게 되고, '할 수 있다' 는 확신이 생겼어요. '아이들' 과 '책' 은 저를 변화시켰어요.

'꿈꾸는 엄마'

이 단어는 저를 설레게 해요. 어떻게 보면 '엄마' 라는 것도 하나의 직업인데, 꿈을 꾸는 엄마라니, 앞으로 나아가는 멋진 삶을 기대하게 합니다. 아이들이 미래를 위해 꿈을 꾸는 것처럼 저도 함께 꿈을 놓지 않고 노력해 나가려 해요. 그리고 아이들에게도 노력하는 엄마의 모습은 좋은 본보기가 될 수 있을 것이라고 생각합니다. 그렇게 조금씩 성장하다 보면 꿈을 이룰 수 있는 날이 오지 않을까요?

삶의 의미를 찾아가고 있는 지금 이 순간이 너무나 행복해요. 아이들의 엄마, 그리고 남편의 아내로서 살아가는 삶에 대해 감사하고, 더 나아가 나 자신을 위한 삶을 살 수 있게 된 것 또한 감사해요. 내가 원하는 삶의 방향으로 하루하루를 살아간다는 건 나 자신을 숨 쉬게 하고, 그 하루들이 하나같이 소중해요. 이런 소중한 하루들을 모든 엄마들이 느끼셨으면 좋겠어요. 비록 힘든 순간도 분명 존재하겠지만, 지금 이 순간, 그리고 오늘 하루를 소중히 여기는 삶을 함께 살아 나가요 우리.

낮에 꿈꾸는 사람은 밤에만 꿈꾸는 사람에게는
찾아오지 않는 많은 것을 알고 있다.

– 에드거 앨런 포

"그러니 모든 엄마, 힘내자고요"

짧다면 짧은 육아의 시간 6년.

언제 내 아이들이 이렇게 컸나 싶을 정도로 하루하루가 너무나 아쉽지만, 시간은 계속 흘러만 갑니다. 그 흘러가는 시간 속에서 나 자신을 찾게 된 것도, 그리고 나를 위해 노력하게 되는 모든 순간들이 축복이고 감사입니다.

감사를 느끼기까지 참 많은 일들이 있었어요. 우여곡절이 많았지요.

누구나 다 각자의 힘듦은 있어요. 하지만 거기서 어느 방향으로 나아갈지는 내가 선택하는 것이지요. 저는 '나 자신의 마음 돌보기'를 선택했어요. 그리고 꿈을 꾸었고 그 꿈을 이루게 되었습니다. 딱히 내세울 것 없는 지극히 평범한 엄마인 저도 해냈어요.

그러니 모든 엄마, 힘내자고요.

좋은 엄마 되기는 힘들어도 노력하는 엄마는 될 수 있어요. 그리고 꼭 기억했으면 좋겠어요. 나 자신과 아이를 위해 노력하는 한 우리 모두 '꽤 괜찮은' 엄마라는 사실을. 반짝반짝 별처럼 빛나는 내 아이에게 엄마인 나는 넓은 우주라는 사실을.

아이와 함께하는 이 시간은 무엇과도 바꿀 수 없는 행복입니다. 엄마만이 누릴 수 있는 이 행복을 마음껏 누리세요. 그리고 감사히 여기는 삶을 살아가도록 노력해요.

이 책을 통해 평범한 저의 삶이 많은 엄마들에게 위로가 되었기를, 그리고 저를 포함해서 모든 엄마들이 자신의 마음을 지키고, 아이의 마음을 돌보는 따뜻한 엄마가 될 수 있기를 오늘도 바라봅니다.

마지막으로 나의 꿈을 이루기까지 힘이 되어 준 사랑하는 두 딸 세영이와 세은이, 영원한 내 편인 우리 남편 장희, 그리고 이 세상에 나를 낳아주신 친정부모님과 사랑으로 감싸주신 시부모님께 감사의 인사를 전합니다.

2022년 6월

오늘도 꿈꾸는 엄마, 아내, 딸, 며느리 **백진경** 드림

엄마의 마음 성장,
그리고
꿈을 이루기까지

당신은 꽤 괜찮은 엄마입니다

초판인쇄	2022년 06월 27일
초판발행	2022년 07월 04일

지은이	백진경
발행인	조현수
펴낸곳	도서출판 프로방스
마케팅	최관호 최문섭
IT 마케팅	조용재
교정교열	이승득
디자인 디렉터	오종국 Design CREO

ADD	경기도 고양시 일산동구 백석2동 1301-2
	넥스빌오피스텔 704호
전화	031-925-5366~7
팩스	031-925-5368
이메일	provence70@naver.com
등록번호	제2016-000126호
등록	2016년 06월 23일

정가 15,800원
ISBN 979-11-6480-220-3 03810

파본은 구입처나 본사에서 교환해드립니다.